U0889380

我的
超能男友
-系列 02-

有爱的青春陪伴者

# 你一来潮汐微甜

木容 —— 著

Murong

北方联合出版传媒（集团）股份有限公司
春风文艺出版社
·沈阳·

图书在版编目（CIP）数据

你一来潮汐微甜 / 木容著. — 沈阳 ： 春风文艺出版社，2020.10
ISBN 978-7-5313-5822-0

Ⅰ. ①你… Ⅱ. ①木… Ⅲ. ①长篇小说—中国—当代 Ⅳ. ①I247.5

中国版本图书馆CIP数据核字(2020)第123190号

你一来潮汐微甜

责任编辑：王晓娣
助理编辑：孟祥鹭
特约编辑：伍　利　徐俊俊
责任校对：曾　璐
封面绘画：王点点
封面设计：颜小曼
版式设计：Cain酱
幅面尺寸：880mm×1230mm
字　　数：202千字
印　　张：8.5
版　　次：2020年10月第1版
印　　次：2020年10月第1次

出版发行：北方联合出版传媒（集团）股份有限公司
　　　　　春风文艺出版社
地　　址：沈阳市和平区十一纬路25号
邮　　编：110003
购书热线：024-23284402
印　　刷：长沙鸿发印务实业有限公司

ISBN 978-7-5313-5822-0　　定价：36.80元

# 目　录

*Contents*

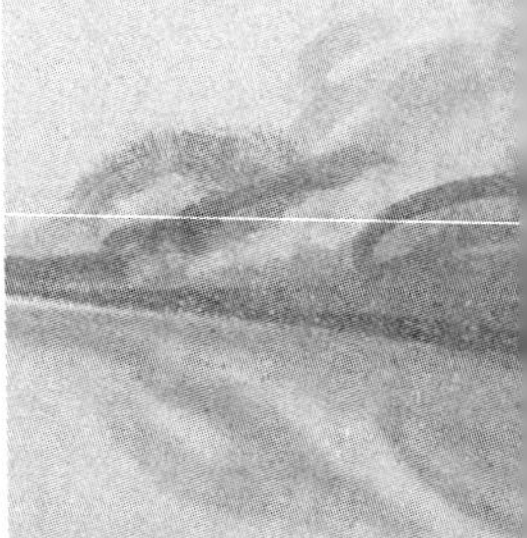

# 目录

*Contents*

# 第一章

## 神秘“金主”

*Ni Yilai*
*Chaoxi Weitian*

郁颜不仅擅长游泳，还擅长翻墙。

翻墙是个技术活，一要讲究体力充沛，二要讲究身手敏捷，三还要讲究速度快。

毕竟如果速度不快，是很容易被门口保安抓到的。

不过翻墙对于郁颜来说并不是什么难事，她先是把装着泳衣的背包扔到院墙内，又一脚蹬上墙，轻松翻了过来，整个过程一气呵成。

眼下正是训练时间。郁颜来到游泳馆，趴在门缝里向馆内偷看了一眼，暗自祈祷老刘最好没有在里面，自己才好神不知鬼不觉地溜进去。

如果不幸被抓，碎嘴的老刘必然会给她的监护人打电话——虽然她的舅舅向来不屑于管她的死活，可她给他添了麻烦，那必然是不会有好果子吃。

郁颜，市体校游泳队学生。自十二年前父亲去世之后，她就一直寄住在自己舅舅家里。

老刘是她的教练，为人很好，但脾气也不小。她逃了训练的事没被他抓到还好，抓到那就是小命不保。

可事情就是这么巧。郁颜才探头往游泳馆里看了一眼，老刘就转了个头，和她心有灵犀地对视上了。

真要命！

老刘正咧着一张大嘴冲着站在身边的人笑。看到郁颜来了，他竟然破天荒地没有发火，还兴高采烈地向她挥了挥手：“郁颜，过来！”

郁颜只好硬着头皮走了过去。

走得近了，她才看清站在老刘身边的那个人。

那个男人身上穿着一件长款毛呢大衣，跟自己身边一群穿着泳衣泳裤的学生和教练格格不入。他的五官也生得恰到好处，看得郁颜有一瞬间的失神。可随即，她的注意力就被他的眼睛吸引住了。

一双清澈而深邃的湛蓝色眼睛，她好像在哪里见过。

可这么出众又特别的一个人，如果她以前真的遇见过他，怎么会一点印象都没有呢？郁颜甩甩头，不再深想。

他八成是个混血儿。

混血儿大多长得好看，眼前的人绝对配得上“好看”这两个字。

这时，老刘亲切地拍了拍郁颜的背，郁颜才回过神来。

老刘开口：“这不是巧了吗，说曹操曹操就到！既然郁颜都过来了，那就让她替我来为您介绍我们游泳馆的情况吧，那帮小兔崽子还等着我去上课呢。反正你们也熟嘛，哈哈哈！”

那个男人微笑着点了点头。

郁颜一下子就听蒙了：“认识？我不认识这个人啊。”

“哎，这时候就别开玩笑了。”老刘的心情好像格外好，“你不认识晏清先生，晏清先生能为了你给咱们学校捐赠一个新游泳馆？开玩笑，你知不知道那是多大一笔钱！”

郁颜听完干笑了两声。

她算是知道老刘今天心情为什么那么好了。

老刘是体校的老教练了。据说，他年轻的时候也是位健将级的游泳运动员，甚至有希望在全国比赛中冲击冠军，可后来却不知道因为什么隐退了，在体校做起了一位默默无闻的教练。

自己的梦想实现不了，他就把希望寄托在自己的学生身上。

只可惜体校对游泳队的重视程度不高，也不舍得给游泳队拨经费。虽然老刘已经一连打了好几年的报告，可是资金还是没有到位，游泳队的训练场所也一直都是这个连泳池内壁瓷砖都斑驳脱落了的游泳馆。一听有人要捐赠新游泳馆，老刘都快乐疯了。

郁颜看到老刘那么高兴，自己也挺开心，可问题是，她是真的不认识眼前这个人啊。

“那向晏清先生介绍咱们游泳队的任务就交给你了。”老刘笑眯眯地说完，又贴在郁颜耳边小声说了一句，“这事你要给我办砸了，那就和你迟到的账一起算。”

郁颜听完哆嗦了一下。

敢情他不是忘了，是等着秋后算账呢。

“等一下——”

可还没等她说完，老刘就已经骂骂咧咧地回到泳池边了:“小兔崽子，我不在一会儿你们就给我偷懒！再给我游五十个来回！”

郁颜只好硬着头皮把头转回来，问那个古怪的男人：“那个……你好……我们认识吗？”

难道这家伙真的是她认识的人，只是她不记得了？

不应该啊，她怎么可能认识这种随随便便就能捐赠游泳池的有钱人？

那人向她微笑了一下，伸出手：“现在认识也不晚，我们还有一辈子的时间去认识、熟悉彼此。自我介绍一下，我叫晏清。”

这叫什么话？郁颜虽觉得奇怪，但还是礼貌性地握住了他的手：“你好，我叫郁颜。”

当郁颜想松开他的手时，他却紧紧拽着不放，说道：“郁颜小姐，请你嫁给我好吗？”

郁颜一脸莫名其妙。

她有心想给眼前这个叫晏清的神经病一记飞踹，可又想起这人是老刘的贵客，根本得罪不起。

郁颜伸出左手来，掰着晏清的手指头把自己的手抽了出来。她左顾右盼了几分钟：“你是不是和老刘一起串通好了在拍什么恶搞视频？”

晏清神色认真地摇了摇头：“不，我是真心想向你求婚。”

哪儿来的神经病，第一次见面就跟人家求婚？

郁颜努力控制着自己的表情：“可……可咱们才刚认识吧？你对我的了解也就仅限于外貌……”

“光凭外貌你就能征服我了。”晏清的表情十分真诚，“你的脸庞，符合我对美丽的全部想象。”

郁颜听了之后，觉得自己的后槽牙都要被酸掉了。

看到郁颜这个反应，晏清也察觉到自己有点操之过急了：“如果你觉得太突然的话，我们可以先谈谈恋爱。”

谁要跟一个来历不明的陌生人恋爱啊！郁颜在心里翻了个白眼。

见郁颜的神色越来越不对，晏清也有点慌了神。他急于想献殷勤：“如果你不介意，那就给我一个慢慢了解你的机会可以吗？我想请你吃顿饭，我们先熟悉一下彼此，好吗？”

“不好意思。”这家伙是老刘的贵客，郁颜不敢得罪，只能委婉拒绝，“我现在还在训练。我们教练要求比较严格，平时不轻易准假……”

听到这里，晏清笑了：“像你这么美丽的女孩子，但凡是个男人都不会拒绝你的要求。”

他突然抬起手，向远处招呼道：“刘教练！”

老刘听到之后立刻满脸堆笑地跑过来：“晏清先生，您找我有事？”

“难得今天有幸遇到郁颜这么美丽的小姐，我想请她吃顿饭。”晏清说，“我想替她跟您请个假，好吗？”

郁颜对着老刘猛摇头，可老刘压根儿就没看见：“好啊。”

真要命。

晏清选择的餐厅档次不低。单看装潢，郁颜就能看出这里的菜品价格不会便宜到哪里去。晏清绅士地做了个请的姿势：“餐厅是我自己挑选的，希望能合你的胃口。我也不知道你喜欢吃什么菜——原谅我只是个凡人，不清楚仙女的口味。”

“打住打住。”没了老刘在身边，郁颜也就没那么多顾忌，直接打断了他，“大哥，大家都喜欢听奉承是没错，可你这么说话也太假了。”

哪有人句句话说出来都是赞美的？简直是脑子有病。

晏清似乎没能理解她的话：“我没有奉承你。这都是我的心里话。”

“随便你……”

郁颜才一进门，就有殷勤的服务生迎了上来。看到来者是一对年轻的男女，服务生立刻心领神会，将他们领到了情侣卡座。

服务生为他们递上菜单：“两位想点些什么？”

“我想点一份坐在我对面的这位小姐的微笑。”晏清对服务生眨了眨眼睛，“所以请把你们这里最美味的饭菜推荐给我，好吗？”

服务生被他这句话逗笑了：“特色菜的话，我推荐我们店里的海鱼刺身，这道菜的好评率很高，两位可以尝尝。”

闻言，正在看菜单的郁颜皱起眉头：“鱼？我不吃鱼，我不喜欢鱼，看都不想看见，更不要说吃。”

晏清明显愣了一下：“你不喜欢鱼吗？”

“何止是不喜欢，简直就是讨厌。”郁颜说道，“闻起来又腥，摸起来又滑，模样也不好看，浑身上下一处招人喜欢的地方都没有。”

原本聒噪烦人的晏清一下子闭了嘴，郁颜察觉到他的异样：“你要是想吃鱼的话可以点。我不吃鱼，但不会拉着别人也陪我不吃鱼。”

“我……”晏清变得有些结巴，“我也不吃鱼。”

郁颜没察觉到他的异样：“既然是这样，那我就按照我的喜好点菜了。”

“好。”晏清点头，“只要是你喜欢的，那就是我喜欢的。你点什么我就吃什么。”

这家餐厅环境不错，菜品的价格也是高昂得可以。郁颜故意点了一大堆吃不完的菜：“我比较能吃，你不介意吧？”

“怎么会介意呢？”晏清连忙回答，“我还觉得你太瘦了，应该多吃一点。”

郁颜在舅舅家常常吃了上顿没下顿，身材一直是偏消瘦。听到晏清这么说，郁颜乐了，她鼓起腮帮子：“你喜欢胖点的？就像这样的？”

“你这不叫胖。”晏清也笑了，“你这样的叫可爱到膨胀。”

“你这张嘴也太会说了。”郁颜问，“你是做什么工作的？”

听这人能说会道的，搞不好是个搞传销的……不对，他嘴巴这么甜这么会哄女孩子开心，搞不好是做牛郎的。

“我……”提起职业，晏清再次变得吞吞吐吐，“就……就只是很普通的工作。”

郁颜看到他慌张的样子也不以为意。她只是没话找话，随口一提，才没心情真的去关心晏清：“听老刘说，你要给我们游泳队捐一个新游泳馆？”

晏清点了点头。

郁颜把双臂抱在胸前，摆出一副审犯人的神情：“为什么啊，就算是有社会责任感想做好事也总得有个理由吧？”

“说来惭愧，其实我没有你想象的那么伟大。我的心里没有那些大公无私的念头，我的心里就只有你而已。”晏清回答，“我只是想为你做点事情。”

郁颜"啧"了一声："我就纳闷了，你怎么就对我这么上心？你到底想干什么？"

晏清立刻坐直身体，摆出一副认真的表情："我想向你求婚。郁颜，嫁给我好吗？"

怎么又是这句话！郁颜憋不住了："你到底看上我哪里了？我很漂亮吗？"

"说到这个，我还想问你呢。"晏清十指交叠，支撑着自己的下巴，竟露出一副十分迷恋的表情，"你是今天这么漂亮，还是每天都这么漂亮啊？"

郁颜无语。算了，跟这种人是沟通不了的。

说话间前菜已经被端上了桌。原本就饥肠辘辘的郁颜看得眼睛都直了，晏清察觉到，就把那盘菜往她跟前推了推："别饿坏了，快吃吧。"

郁颜也不跟他客气，立马开动。

她饿极了，吃得有些生猛，吃相难免有些不雅。她才意识到自己的失态，想要收敛一点，可抬眼一看晏清，干脆放得更开了。

她故意吧唧着嘴，大嚼特嚼："不好意思啊，我吃相不好看。"

晏清却还是那副迷恋的表情："谁说的，你怎么样都好看。"

郁颜一看这招根本不管用，干脆道："其实我缺点超级多，你想不想知道？"

晏清看了看她："我可以理解成我们已经亲密到可以分享彼此的缺点了吗？"

郁颜张了张嘴："我超级懒，从不做家务。"

“没关系。”晏清不为所动，“结婚以后家务都由我来做。”

“我超级馋。”郁颜不死心，“又馋又懒的典范就是我。”

“我会努力学做饭。”晏清连忙表态，“我学东西很快的。”

“我没有时间观念。”郁颜觉得晏清这个气质打扮应该是个生意人，生意人大多时间观念很强，这一点搞不好能惹他嫌弃，“我不仅做事拖沓，爱迟到，还不讲信用，喜欢放人鸽子。”

晏清回答：“没关系，我不介意等。”

他已经等了十二年，怎么会介意再等这点时间。

“我还超级花心。”郁颜继续瞎扯，“我的梦想是左拥右抱，身边围绕着很多的追求者。做我老公搞不好要戴绿帽子的。”

晏清回答：“我会努力让自己变得更好，争取让你的眼里只有我。”

郁颜不依不饶：“要是我眼里就是有别人呢？”

晏清笑了：“那也没办法。因为你是我唯一的选项，我没有别的选择。”

郁颜没话说了。

这是一种怎样严于律己大爱无疆的无私精神啊。

连绿帽子都能忍，这兄弟绝对是个狠人。

无论她怎么作妖，晏清都只是笑吟吟地望着她，似乎没有丝毫要动怒的迹象。

这个气氛怎一个诡异能形容。郁颜被他盯得发毛，哪还有心情吃饭。

哪有人会对一个才刚见面的陌生人求婚？无论郁颜怎么想都觉得晏清这是别有用心。

眼前这个人到底是什么来历？诈骗犯？人贩子？还是说只是个单纯

的变态？

郁颜坐不住了。为了安全起见，她还是先回去问问老刘这个叫晏清的是什么底细比较好。

她放下刀叉，拿起自己的背包就站了起来："那个……晏清先生，现在时候也不早了，我就先回去了。"

晏清赶忙起身："你有什么急事吗？我送你回去。"

"急事……倒也没有。"

"没有就吃完再走吧。"晏清诚恳地建议，"我不想让你饿着肚子就回去。"

晏清越是挽留，郁颜就越觉得蹊跷。她背上背包，干脆跑了。

晏清一愣，随即追了上去："喂！郁颜小姐，请等一下！"

体育生的体力不是一般人能赶得上的。可即便是这样，晏清还是一直紧紧地跟在郁颜的后面，任凭郁颜如何发力都甩不掉："郁颜小姐，我是做错了什么让你觉得不高兴了吗？"

这哪里是让人觉得不高兴，这根本就是让人觉得毛骨悚然！郁颜一头扎进了一条小巷子，想借机甩掉晏清，可刚进去她就后悔了。

这条小巷子是条死路。

郁颜想折回去，可晏清已经出现在了巷子口。

这是一条狭长阴暗的巷子，唯一透光的地方就是出口，可那里已经被晏清堵住了。

郁颜一点点往后退，晏清则一步步走了上来。

"郁颜小姐。"晏清喘着粗气，"我觉得我们之间可能有什么误会。"

眼前这幅画面让郁颜的脑海里不由得浮现出惊悚片里的恐怖场景。她觉得自己的腿都要软了。

郁颜又往后退了一步，背上的背包却碰到什么物件。她回头看了一眼，是一只垃圾桶。

这时，垃圾桶里蹿出几个黑影。那是蛰伏在垃圾桶里的流浪猫，被郁颜弄出的响动惊扰到了，纷纷跑了出来。

那几只猫原本要躲进巷子深处。可一只猫嗅了嗅鼻子，转过身又往巷子口跑去。

剩下的几只也如出一辙。它们像是嗅到了猫薄荷的味道，兴奋异常，直直地向着晏清冲了过去。

晏清也看清了那几团黑影是什么，脸上竟然浮现出恐惧的神色，转身就要跑。

“郁颜小姐！”晏清跑之前还不忘跟她道别，“明天我再来拜访！”

他的声音都发着颤，明显是恐惧到了极点。那几只猫也不甘示弱，一个个如离弦之箭飞速追了上去。

等郁颜走出来时，晏清已经跑没影了。

这个人，是不是怕猫？

郁颜皱了皱眉头。这个叫“晏清”的人身上实在是有太多蹊跷的地方了。

“小兔崽子，训练的时候还走神！离预选赛还有几天了啊？还想不想参赛了啊？”

郁颜正浮在泳池里发呆，蹲在岸边的老刘毫不客气地往她泳帽上拍了一巴掌。

郁颜揉了揉自己的脑袋："嘶——老刘，你自己手劲儿多大自己心里没数？下手轻点！"

"老刘老刘，老刘是你喊的吗？"老刘又拍了她一下，"没大没小！"

"这个时候你倒想起来有'没大没小'这个词了！"郁颜不服气，"那昨天晏清过来的时候你还一口一个'先生'呢，我看他年纪跟我也差不了几岁。"

"你少给自己脸上贴金，你能跟人晏清先生相提并论吗？"老刘一瞪眼，"人那是什么身份，你是什么身份？"

这正是郁颜想问的。郁颜一个翻身趴到泳池边上："老刘，他到底是什么身份啊？他到底是什么人？"

"什么人？好人！"老刘说，"不是好人能跑咱们学校里捐游泳馆？"

"这可不一定。"郁颜反驳他，"万一那个叫晏清的是别有目的呢？"

"别有目的？"老刘笑了，"那你跟我说说，他能有什么目的？"

这个问题把郁颜给问住了。老刘问得没错，晏清到底有什么目的？他这么大费周折地捐了一个游泳馆，难道真的是为了自己？

一来她和他素不相识，二来她的长相也不算倾城倾国，如果她就这么笃定地认为他是为了自己做了那么多事，那未免太自恋。

说曹操曹操到，这时候游泳馆的门开了。

"刘教练。"

干净悦耳的嗓音，可郁颜听了却有些头皮发麻。

晏清昨天说了“明天再来拜访”，居然还真过来了。

老刘见了晏清，自然是像见了家人那么亲切，连忙起身迎接：“晏清先生！”

郁颜深吸一口气，捏着鼻子潜入水下。

昨天她和晏清不欢而散，现在她仍然对晏清有所戒备。

晏清已经走了过来：“刘教练，郁颜在吗？”

老刘向他使了个眼色，又指了指泳池。

郁颜正扶着泳池内壁，一动不动地憋着气。

晏清走了过去，笑眯眯地等着。

没过两分钟，郁颜就再也憋不住，猛地浮出水面大口大口地喘气。晏清则在旁边弯着腰微笑着注视着她。

“你好啊，郁颜小姐。”晏清又开启了拍马屁模式，“你现在的样子像是美丽的出水芙蓉。”

郁颜狠狠瞪了他一眼。

夸人都不会夸，你见过有差点被憋死的芙蓉吗？

既然藏不住了，郁颜也就懒得藏了：“你找我有事？”

“我想占用你几分钟的时间和你好好聊聊。”晏清向她伸出手来，“就在隔壁的篮球馆——如果是郁颜小姐熟悉的地方，应该就不会紧张害怕了吧？”

看来昨天的不欢而散已经让他察觉到了什么。郁颜刚想拒绝，又看到晏清背后的老刘正拼了命地向她挤眉弄眼。

看样子如果不把这位“金主”伺候好了，拿到建游泳池的赞助款，老刘非扒了她皮不可。

晏清看了看郁颜的表情，似乎是意识到什么。他回头看了一眼老刘，然后就像狐狸一样狡黠地笑了。

郁颜只好硬着头皮握住晏清递过来的手，踩着泳池的台阶上了岸。

她走向更衣室去换衣服，晏清则认真看了看自己刚牵过郁颜的那只手，嘿嘿地傻笑起来。

郁颜很快就换好了衣服。她拿着毛巾擦着自己的头发，和晏清一起走出了游泳馆："你有篮球馆的钥匙？"

晏清从口袋里拿出一把钥匙："我拜托了校长，他很爽快地答应了。"

郁颜咧嘴干笑。你现在可是全校的"金主"，你的要求校长敢不答应吗？

"为什么要选在篮球馆？"郁颜又问。

晏清打开篮球馆的大门："因为这里面积够大。"

郁颜还没来得及细想这句话是什么意思，就看到篮球馆的场地里放着大簇大簇的玫瑰花。

热烈盛开着的红玫瑰被摆成了一个巨大的心形，心形里面则是一块块竖起的小方块，占据了足足有小半个篮球场。

郁颜一眼就认出了那是什么，多米诺骨牌。最后的几块骨牌一直延伸到对面半场的篮筐下，篮筐下还放着一个奇奇怪怪的装置。看来只要把篮球投进去，就能触发机关。

果不其然，晏清抱了一个篮球过来。他把篮球放在自己脚边，从自己的风衣口袋里拿出一沓证件。

“在正式开始之前，我想向郁颜小姐澄清一件事情。我不是什么可疑人物——这是我的身份证。”

晏清把自己的身份证递给郁颜。郁颜没反应过来，只好双手接住。

“这是我的户口本。”

又是一本。

“这是我的驾驶证。”

又是一本。

“这是我的房产证。”

又是一本。

“这是我的银行卡。”

晏清把银行卡放在了那摞证件的最上方。

“这些东西可以证明我不是可疑分子了吧？”

郁颜捧着一摞证件干笑了两声，违心地说：“其实我也没觉得你哪里可疑……”

她可不敢得罪“金主”。

“那就好。”晏清露出如释重负的表情，“昨天回去之后我问了我的朋友，原来你们人类的求婚……比我想象的要更复杂，还需要必要的隆重和惊喜。昨天是我考虑不周，抱歉。所以我请我的朋友做了这个装置，希望你会喜欢。”

晏清说着，转身就要投篮。

晏清身材高挑，看起来就很擅长打篮球。他抬起手臂，做出一个非常标准的投篮姿势，然后用力一抛——

没中。

何止是没中，根本是连篮板都没碰到。

晏清一愣，随即说：“不好意思，失误了。”

事实证明，那根本就不是失误。晏清再次蓄势待发，猛一投篮，仍旧没能沾到篮筐的边。

接下来的几次都是如此。晏清扔了半天的球，愣是一个都没投进去。

郁颜算是看明白了。晏清长这么高的个头就是显好看用的。

郁颜在一边看了许久，腿都站麻了。她百无聊赖地打了个哈欠。

这下连晏清自己都害臊了。他脱了风衣，挂在一边：“我以前没有玩过篮球，比我想象的要难多了……这次一定可以。”

再次投篮，仍是未中。

晏清还想再抢救一下，郁颜干脆走了过去，把他那摞证件塞回他怀里，然后抢过晏清手里的篮球。

她走到三分线外：“看着。”

郁颜轻抬手臂，把球投了出去。

作为一个体育生，郁颜身体素质极佳，几乎是对所有的运动项目都擅长。这一球不偏不倚恰好入筐，看得晏清目瞪口呆。

篮球入筐的瞬间，一旁的装置便启动了。一颗小球从轨道上滚落下来，砸倒了第一枚多米诺骨牌。

随即一整排的骨牌倒了下去，一直延伸到另一半场。进入玫瑰花的边沿之后，那一整片的多米诺骨牌哗啦啦地翻了面，露出了里面悉心藏好的字样——“Marry me”。

Marry me，嫁给我。这一次，他为了不吓到她，没有直接把这三个字说出口，而是费尽心思地藏在了惊喜里。

“看见了没。”郁颜甩了一下自己还没晾干的头发，“哥们，耍帅要这么耍。”

晏清怔怔地望着她，忽然笑了。

“所以这次，郁颜小姐，你可以嫁给我了吗？”

“你想得美。”看过晏清打篮球的笨拙样子，郁颜忽然觉得这个人也没那么可怕，“我凭什么嫁给你？”

晏清指了指篮筐，表情有些委屈：“球都投进去了，是好不容易才进去的……”

还没等晏清说完，郁颜就又摆出一副看神经病的表情。晏清只能露出苦笑，不再纠缠。

他又重新挺直腰背，换上一副认真的表情：“看来这次我又失败了。没关系，我还有很长时间。每天求一次婚的话，求一百次，你总会答应的。”

郁颜一听简直头都大了：“一百次？大哥，你饶了我吧！我真的不认识你，你为什么非要向我求婚？”

晏清却充耳不闻：“郁颜小姐，明天是休息日，我可以邀请你去游乐园吗？我想和你约会。”

郁颜想都没想就回绝了：“我凭什么跟你约会！”

晏清不慌不忙地想了想：“如果你不愿意跟我约会的话，捐游泳池的事就算了。捐赠合同我还没签呢。”

郁颜没想到他会用这招，顿时哑口无言。

现在老刘天天盯着晏清，生怕这只煮熟的鸭子飞了。如果这只鸭子是因为自己飞的，老刘、校长，还有整个游泳队，他们说不定会跟自己同归于尽。

这个晏清也太狡猾了吧！

晏清看出了她的犹豫，笑了："那就明天早上十点，游乐园门口见。"

郁颜刚想回绝，晏清却走到她面前，用手轻轻抬起了她的下巴。

他低下头去，在郁颜的额头上轻轻落了一个吻。

一个温柔的、短暂的，让人猝不及防的吻。

郁颜愣在了原地。

"我很高兴。"晏清柔声开口，"今天的你不再怕我了，我们之间的距离又变近了一些——郁颜，我不奢求你主动向我靠近。我会慢慢走向你，直到走进你的心里，所以你只要站在原地等我就好。"

晏清说完，揉了揉她的头发，离开了。

郁颜站在原地。良久，她捂住自己的心口。

"怎么回事。"她喃喃自语，"我怎么觉得，我的心跳，有点快。"

第二天，郁颜起了个大早。

明明天还没亮，可她就是翻来覆去睡不着。

哪怕她不愿意承认——可是晏清昨天印在她额头上的那个吻的确是撩到她的心了。

郁颜不再勉强自己，起了床。

她认认真真地洗了个澡，又在自己为数不多的衣服里挑出了一件自以为最好看的。

这还是她第一次约会。

等一下，约会？我真的要和那个莫名其妙的男人一起去约会吗？

郁颜突然犹豫了起来。

发热的脑袋一下子就冷静下来了。即便晏清有蛊惑人心的魔力，即便他是个遵纪守法的好公民，可他的行为仍旧莫名其妙。

莫名其妙地向一个素未谋面的女人求婚——不用想也知道，这里面肯定有猫儿腻。

理智告诉她，她不能轻易信任这个叫晏清的男人，尽早拒绝他才是明智之举。

郁颜系鞋带的动作迟缓下来。她想了想，把才穿上脚的鞋子又脱了下来。

可过了没多久，她又把鞋子穿上了。

我只是去看看，没打算和他约会。郁颜这么宽慰自己。

到了游乐园附近，郁颜就走进了游乐园对面的快餐店，找了个靠窗的位置坐下来。

她特意挑了个隐秘的位置。从这里向外看过去，可以清楚地看到游乐园门口的场景，却不容易被人察觉。

郁颜刚坐下没多久，就看到晏清出现在了游乐场门口。他的身高和容貌让他在人群中格外显眼，郁颜几乎是一眼就看到了他。

他微笑着，满脸都是期待的欣喜。

郁颜犹豫了一阵，到底还是没走出去。

如果让他等一阵，他就会自己离开了吧？

她怎么可能真的答应一个陌生人的求婚。可是不知道为什么，现在的她竟然不能狠下心来拒绝他。

那就让他等着吧。郁颜一边无聊地敲着桌沿一边想着，等他意识到自己被放了鸽子，肯定会愤怒地离开吧。

时间一分一秒地过去。过了十点，晏清就变得有些焦躁了。他开始不停地看自己腕上的手表，向远处张望。

一个小时过去了，晏清一直没有挪动脚步。他不再一直盯着手表，而是一直向远处望着。四周人潮如织，不少人带着或好奇或怜悯的眼光看着他，可他浑然不觉。

两个小时过去了，已经是该吃饭的时间了。郁颜在窗子后面偷偷张望，晏清仍旧一动不动，坚持等着。

三个小时过去了，郁颜开始坐不住了。晏清从早上一直站到了现在，连午饭都没吃，她自己都觉得自己过分了。可越是时间久了，她就越不好意思出去——难道她要告诉晏清，自己一直在对面坐着，全程观赏了他的窘态？

四个小时过去了，五个小时过去了，六个小时过去了……晏清仍旧留在原地。

就在郁颜暗自祈祷晏清赶紧回家的时候，远处高耸着的摩天轮突然熄灭了灯光。

连游乐园也结束了营业。

天已经完全黑了。

游乐园门口原本熙熙攘攘的人群现在已经悉数散尽。晏清看了看四周，终于动了动。

郁颜这才放心下来。她坐回卡座，安慰自己没做错。

哪有人会跟才见面的人求婚？想想都觉得是不怀好意。

可是话说回来，她又不得不承认，他对自己真的很好。

无论他的动机是什么，他对郁颜展现出的体贴和温柔，对她来说都是难得一见的奢侈品。他会小心翼翼地征求她的意见，会迫不及待地想和她约会吃饭，会为博她一笑一掷千金捐赠游泳馆，还会说各种刻意到过了头的甜言蜜语来哄她开心。

这还是这些年来第一次有人如此用心地对待她。

郁颜一边想着，一边又趴在了窗户上继续看着。可是晏清只是走到了路灯下面，又停住了脚步。

他还在等。

郁颜张了张嘴，跑出门去。

一阵冷风吹过，郁颜不由得缩了缩脖子。

晏清果然还站在门口。

四周早就已经空无一人了。他一个人孤零零地站在路灯下面吹着冷风，发着抖裹紧了自己身上的大衣。

冬天的另一个名字叫“寒冷”。晏清冷得有些受不了，就把两只有些冻僵的手伸到嘴边，哈了口气，慢慢地揉搓着。

正当他低头搓着手时，一个影子出现在了他的脚边。

晏清抬头，看到郁颜站在他面前。

他一愣，随即露出笑容：“你来了。”

郁颜不知道为什么自己的眼眶会湿润：“你傻啊，不会躲到避风的地方去？就一直傻站在这里？”

“这里有路灯，我站在这里会比较显眼。”听到郁颜凶巴巴地呵斥自己，晏清连忙辩解，“游乐园关门了，我怕你找不到我……”

“你知道现在几点了吗？”郁颜问，“你难道没想过我今天可能不会来了吗？我要是真不来了呢？”

“其实我想过。”晏清诚实地回答，“我想过你也许会不来了……可是今天还没结束，你就有可能会出现，不是吗？所以我愿意等。”

晏清的语气缓和下来，脸上竟然浮现出了幸福的笑容。

“所以我还是等到你了。我就知道，我一定能找到你的。郁颜，我就知道，你一定会回来的。”

郁颜望着他，一时竟然不知道该说些什么。

记忆不知怎么就回到了十二年前，晏清那双湛蓝色的眼睛和另一双湛蓝色的眼睛重叠在了一起。她仿佛看到了当年那条小人鱼骄傲地举起了自己手里的月光石手链，对她说：“我就知道，你一定会回来的。”

# 第二章

## 小美人鱼

*Ni Yibai Chaoxi Weitian*

“你们知道郁颜吗？”

“知道啊，郁颜，她可是超级出名的。”

“为什么说她出名啊？”

“你居然不知道她？你不知道吗，她跟好多人都说过，她见过美人鱼！就是那种上半身是人，下半身是鱼的美人鱼！”

“啊？她是不是脑子不太好用啊。”

“所以之前我们就告诉你了，不要离她太近。她不是傻子就是疯子，八成是个神经病！”

“我看啊，倒也不一定是神经病。我看她就是因为没有人理她，才编出这种谎话来引起别人注意的。”

“你是说，她是个撒谎精喽？”

窃窃私语忽然变成了恶意的哄笑。

“脑子不好用……”

“她不是傻子就是疯子！”

“八成是个神经病！”

“撒谎精！”

郁颜猛地从床上坐起惊醒，终于摆脱了噩梦。

回过神来之后，她摸了摸自己的额头，那里早就布满了冷汗。

几分钟后，她幽幽地叹了口气。

又是这个梦。

这就是她讨厌鱼的原因。

明明她是真的亲眼见过人鱼，可是从大人到小孩，没有一个人相信她。因为一句“我见过美人鱼”，她不知道遭受了多少白眼。

那已经是十二年前的事了。记忆被时间拉得瘦长模糊，她甚至不知道当年她到底是真的遇见过一条人鱼，还是只是做了一个朦胧的梦。

想到那条不知道是不是自己真的遇到过的人鱼，郁颜不知怎么又想到了晏清。这个古怪的男人拥有一双和人鱼一样湛蓝色的眼睛。

两个人实在是太像了。

还没等她深想，房门就哐哐地响了起来。那是她的舅妈在砸门：“出来做饭！也不看现在几点了还不起床，你是猪吗？”

郁颜一边应声，一边手忙脚乱地起了床。

在舅舅一家人的眼中，她就只是个白吃白喝的米虫，让她做些家务来报答是再合理不过的事情。所以每天天不亮她就要爬起来做早饭。

她来到厨房，热好了牛奶，又开始煎鸡蛋。

舅舅、舅妈和表妹乔安安已经坐在桌边了。

“爸爸，”乔安安一边喝热牛奶一边开口，“新学期开始了，你给我买一套新泳衣吧。”

乔安安跟郁颜一样，同在体校的游泳队。一听到自己的宝贝女儿提出了要求，舅舅忙不迭地就答应了：“买，今天就买。爸爸带你去买件最好的！”

郁颜听了，不动声色地把煎蛋盛到盘子里，端上了桌。

“舅舅。”她低声下气地开口，“我也想要一套新泳衣。我那套原本就不太合身，而且已经很旧了，已经磨出小破洞了……”

她的这套泳衣是之前乔安安淘汰下来的旧泳衣。郁颜的身材高挑，原本就比乔安安高一些。所以乔安安丢给她的旧泳衣一直都不太合身。因为这套不合身的旧泳衣，她不知道被队友暗地里嘲笑过多少次。

所以，她才要利用一切能利用的时间去打工，这也是她经常翘课被老刘骂的原因。郁颜翘课并不是因为她不喜欢游泳，恰恰相反，她是太喜欢游泳了才会这么做。

舅舅听到郁颜的话直接皱起了眉头：“等你妹妹买了新的，就把旧的给你。”

“可是——”可是那样还是不合身啊。

“可是什么可是？”舅舅拔高了语调，“专业泳衣有多贵你是不知道吗？你以为体校的学费很便宜？掏那么多钱供你学游泳还不知足！”

郁颜没说完的后半句话被生生咽回了肚子里。明明是她游泳成绩优异、学校愿意免除她一切学杂费，舅舅才愿意让她继续留在体校的。

还是她自己再想想办法吧。

回到房间之后，郁颜拿出手机，开始搜索附近的兼职信息。

适合学生做的兼职原本就少之又少。郁颜翻了半天，突然看到一条信息——

“水族馆现诚招美人鱼表演工作人员。要求：女性，年龄在三十五岁以下，五官端正，擅长游泳。有意者请到水族馆面谈。联系人：李经理。”

这份工作难度最高的要求也就是“擅长游泳”。而巧的是，郁颜刚好就很擅长。

再往下，是一个相当可观的薪资范围。

郁颜心头一动，换好衣服就出了门。

她按照招聘信息上的地址很容易就找到了水族馆。这家水族馆应当是建成还没多久，连门口的雕塑和招牌都是崭新的。

郁颜仰头看了看这栋气派的建筑，有些忐忑地走了进去。

她没有察觉到，有一双湛蓝色的眼睛已经在楼上的窗户里注视着她了。

郁颜来到服务台：“我是来应聘的。”

前台小姐对她笑了笑：“那请您稍等，我请经理过来。”

那个被称作“经理”的男人很快就走了出来。出乎郁颜的意料，他看起来年纪很轻。

“你好。”经理向她伸出了手，“我是水族馆的经理，李享。”

郁颜连忙跟他握了手，再次说明了自己的来意：“您好，我叫郁颜，是来应聘美人鱼表演工作人员的。”

李享把她从头到脚打量了一遍：“郁颜小姐，您的外形气质非常符合我们的标准，但我们在招聘信息上也写了，我们需要的是很擅长游泳的人。不知道您在游泳这方面……”

还没等他说完，郁颜就连忙抢答：“我很会游泳的。我是体校游泳队的队员，我是专业的！”

李享听到“体校游泳队”这几个字后，明显犹豫了几秒钟：“是这样的，郁颜小姐，虽然您的各项条件都符合我们的要求，但我们这次招聘的是全职员工。您刚刚说，您还是体校的学生——那您平时应该都以学业为主，只能在假期里来兼职。我们需要的，是能够稳定工作的全职人员。抱歉，这份工作可能不太适合你。”

郁颜显得有些着急：“您能通融一下吗？薪水方面我可以降低标准，我真的很需要这份工作。”

李享只是微笑着摇摇头，抬起手来指了指头顶：“对不起，虽然名义上我是经理，可实际上还是老板说了算。规矩是他定的，我也没有办法。”

郁颜露出了失望的神情。

这时，李享的手机却响了。他接通电话：“喂？老板？”

电话那边不知道对他说了些什么，李享突然扬了扬眉毛，重新审视了一遍郁颜。

“好，我明白了，我这就照办。”

他挂了电话，对着郁颜笑了笑：“郁颜小姐，这边请。”

郁颜不明就里，但还是跟着他走进了水族馆。

水族馆里四处都是巨大的玻璃柜，里面装满了各式各样的海洋生物，虾、蟹、贝，甚至还有企鹅、海豹和海狮。

当然，最多的还是鱼，各式各样的鱼。它们摆动着尾鳍，在布满柔和灯光的玻璃鱼缸里自由摇曳着。

李亨突然开口：“郁颜小姐，你觉得这里怎么样？”

郁颜猛点头：“很好。”

李亨却微笑起来，把自己的手掌轻轻地贴在其中一个玻璃鱼缸上：“我很喜欢鱼。我从小就对海洋生物很感兴趣，上了大学以后也选择了相关专业学习。但是毕业之后，我却一直没能找到专业对口的工作。直到前不久，我有幸得到老板赏识，得到了现在这份工作。在这里，我每天都能和自己喜欢的海洋生物在一起，所以我很喜欢这份工作——郁颜小姐喜欢鱼吗？”

郁颜犹豫了一下，最后还是违心地撒了谎：“喜欢。”

她是不喜欢鱼没错，甚至是到了讨厌的程度。但现在这种情况，钱显然比所谓的喜好更重要。虽然她看见鱼会想起不愉快的经历，但如果有金钱的安慰的话，这也不算什么大事。

李亨意味深长地看了她一眼：“那就好。”

他再次迈步，带着郁颜来到一面玻璃墙前。

玻璃墙后连通着海底隧道，里面灌满了海水，俨然是一个数层楼高的巨型鱼缸，有许多各式各样的鱼正在里面游来游去。

“这就是我们馆进行美人鱼表演的场所。”李亨向郁颜介绍，“如你所见，如果在这里进行表演，就需要每天都和这些鱼近距离接触——郁颜小姐，对于这一点，你可以接受吗？”

郁颜心里暗暗升起了怀疑。明明她和这个李亨是第一次见面，可他屡次开口，都像是已经知道她讨厌鱼类，在一次次地试探她。她不知道自己是不是想多了。

“我没问题的。”郁颜决定先不想那么多，继续撒谎，“我喜欢鱼，超级喜欢。”

“好，既然已经确认过郁颜小姐能够接受这份工作了，那我也就没问题了。”李享微笑，“你被录取了。寒暑假和周末你可以来这里兼职，时间自由，工资日结，薪水就是招聘启事上写的那样——可以接受吗？”

郁颜简直不敢相信自己的耳朵：“我被录用了？”

“对。”李享点头，“现在我们是同事了。”

“非常感谢您！”郁颜欣喜若狂，向李享深鞠一躬，但她还是有所顾虑，“可是你刚刚不是说，不招聘兼职工吗？”

“不用谢我，要谢就谢咱们老板吧。刚刚他打电话来，说他改主意了。”他向郁颜眨了一下眼睛，“我们老板不仅年轻有钱，而且还长得很帅哟。”

李享的这句话听起来似乎有些推销自家老板的意思，但郁颜并没有深想：“那，谢谢老板！我是不是该当面向他道个谢？”

“算啦，老板他很忙，等到时机成熟了再见也不迟。”李享拍了拍她的肩膀，“在工作中遇到什么困难都可以告诉我，我会想办法帮你解决。上班之前，要先进行几天的岗前培训。老板特别嘱咐，这培训期间，工资照常给你发放。要加油哟。”

郁颜连连点头。

剩下的事就简单多了。郁颜开始了岗前培训。她原本就是专业游泳运动员出身，底子好，培训内容对她来说都不算困难。

美人鱼表演，顾名思义，就是要工作人员穿上鱼尾装，在巨型鱼缸里装扮成美人鱼做舞蹈表演。郁颜很快就适应了这套让人迈不开腿的表演服，也很快学会了要在水下做的动作。

看到火候已经差不多了，李享就让郁颜试着下到表演所用的巨型鱼缸里去。郁颜纵身一跃，跳到了水中。

不同于训练用的水池，这里四处都充满着活生生的游鱼。这些鱼平日里都被疼爱它们的饲养员惯坏了，看到有人入水，一些胆子大的鱼就撒娇似的围到了郁颜身边。

为了舞台效果，玻璃墙内外都安装了大大小小的照明灯。这些灯光照射到水中，给每条鱼都笼罩上了一层梦幻的色彩。

郁颜看着这些美丽又黏人的鱼，突然觉得它们其实也没那么招人讨厌。

她承认，她之所以讨厌鱼，就是因为十二年前的那条美人鱼。如果她没有遇到他，没有告诉别人她曾经见过美人鱼，没有一次次地被别人嘲讽鄙夷，也许她就不会是现在这个样子。

可是话又说回来，那条美人鱼又做错了什么呢？

望着那些亲切地围着她的鱼，她的眼神也变得温柔起来。

那条美人鱼没有做错什么，眼前的这些鱼也没有做错什么。而且它们对她的态度，远比人对她要好得多。

想到这里，郁颜就伸出了自己的手，触碰了一下路经自己眼前的一条游鱼。

她摸到了冰冷滑腻的鱼鳞。几乎在同时，她就想起了自己在十二年前摸过的那条鱼尾。

出乎她的意料，她的心里竟然没有产生厌恶的情绪。

等到郁颜重新浮出水面，深呼一口气之后，李享鼓起了掌："不愧是专业游泳运动员，明天你就可以登台演出了。"

第一次登台表演，郁颜难免有些紧张。李享也没有让她在一开始就独挑大梁，而是让她先参与了群体表演。

她和其他几名表演人员一起在水中游动着，玻璃墙外人头攒动。她只看了一眼，心里就横生了许多紧张，不敢再转头。

紧张的感觉让人的心脏怦怦直跳，直到表演结束，回到后台，郁颜才觉得自己紧张的情绪有所缓和。

她才从更衣室里换好衣服走出来，就看到李享捧着一大束玫瑰花在门口等候了。看到郁颜出来，他把花递了上去："恭喜你第一次演出成功。这是礼物。"

那是一大捧红玫瑰，用精致的包装纸包裹着，还有白色的满天星做点缀，一看就知道价格不菲。郁颜正觉得这束花太过于隆重，还在犹豫着要不要接，李享就强行把花塞到了她的怀里。

"别不好意思了，花不是我买的。"李享说，"这是老板买来，托我转交给你的。"

郁颜接过花，看到里面还夹着一张卡片。她把那张卡片拿了下来，上面只有一句话：

“你是我见过最美丽的人鱼。”

后面没有落款。郁颜觉得有些奇怪，按理说送人礼物，最后多少应该都有个署名。

她还不知道老板的名字呢。

不过女孩子就是女孩子，收到花没有不高兴的。郁颜咧嘴笑了：“老板人真好。每个新演员都会收到他送的花吗？”

李享笑着摇了摇头：“不，收到花的就只有你。你是例外。”

于他来说，你是例外，是偏爱，是这个世界上的独一无二。

郁颜一愣：“那他为什么要送我花？”

李享装模作样地想了一阵：“大概是因为你表现出色吧。刚才你在表演的时候我就站在老板的身边，他看你都看得入迷了。”

他还是第一次在一个人的眼睛里看到这样强烈的爱慕和痴迷。

“哦，对了，还有这个。”李享又拿出一个包装精美的礼盒，“这也是老板送给你的礼物。”

那是一套价格不菲的高档泳衣。

“负责指导你岗前培训的许姐对老板提了一句你自己带来的泳衣有点旧，也不太合身。”李享说，“老板就去挑了这套泳衣，想要当作入职礼物送给你。他说他不太清楚泳衣的型号和尺寸，就去问了许姐要了个大概的尺码，可能不太合适。单据也在里面了，如果尺码不合身，或者款式不喜欢，你可以去商场调换。”

郁颜张了张嘴。

这份礼物真的送到她心坎里去了。她这么辛苦地打工，为的就是这件泳衣，可那个素未谋面的老板却已经贴心地替她准备好了。

她已经很久没有感受到这种体贴的善意了。

明明她一直行走在黑暗和孤独之中，可那个人出现了。就像是火车驶出了隧道，温柔和光明一下子扑面而来。这时候她才发现，原来世界可以变得如此和颜悦色。

被人关爱的感觉真好。

郁颜清了清嗓子："李经理，你刚刚说，老板他刚才看了我的表演是吗？"

李享点头："对。"

"那……"郁颜的语气变得有些急切，"他还没走远，对吧？我知道他很忙，但我想见他一面，当面跟他道个谢。"

这些天来，她曾经好几次想见老板一面。她不知道老板为什么改了主意，愿意给她提供这个工作机会。无论他是有心还是无意，他都是帮了她一个大忙。可是每次李享都告诉她，老板很忙，现在没空见她。

简直就像是在刻意躲她。

可是想想就知道这是不可能的，郁颜根本想不出老板要躲她的理由。既然现在老板就在这里，那她一定要抓住这个机会，好好向他道谢。

她不知道老板是高是矮，是瘦是胖，甚至连他是男是女都不知道。可在这没人疼爱她的十二年里，他是第一个让她萌生出想要主动靠近的人。

"这……"李享想了想，然后露出个狡黠的笑容，"本来老板说，你要见他就告诉你他很忙。但我觉得他可能是面对你时太紧张，紧张得都有些杞人忧天了——老板就在三楼的办公室，上去吧，别告诉他是我告诉你的。”

郁颜向他道了谢，转身就向三楼跑去。

看着郁颜远去的背影，李享叹了口气。

“别怪我啊，老板。”他自言自语，“如果像你这么拖下去，也不知道要拖到什么时候她才能喜欢上你。”

另一边，郁颜已经来到了老板办公室门口。

门是紧闭着的，郁颜沉吸一口气，竟然有些紧张。

门里那个让她不由自主地萌生出感激和好感的，到底是一个什么样的人？

她鼓起勇气，敲了敲那扇门。

那个声音竟然听起来有些耳熟：“请进。”

郁颜推开了门，不由得愣住了。

坐在桌子后面的那个人竟然是晏清。

晏清也没想到进来的人会是郁颜。他慌乱地站起来，原本伶牙俐齿的他张了半天的嘴，竟然没能说出话来。

郁颜很快就反应过来，走到他面前。

“我是来道谢的。”郁颜诚恳地说，“谢谢你送我的泳衣，谢谢你送我的花，谢谢你对我的鼓励，也谢谢你愿意给我这份工作。”

“你不必感谢我，这都是我心甘情愿的。”晏清笑了，“能用这种笨拙的伎俩讨到美丽的公主的欢心，这是我的荣幸。”

“可我还是要问你。”郁颜看着他那双湛蓝色的眼睛，“这些天来，你为什么要躲着不见我？”

他明明可以光明正大地出现在自己面前，然后理所当然地接受自己的感激……她实在想不通晏清为什么要这么做。

“因为你说过，你不喜欢鱼。”晏清显得有些不好意思，“我怕你会嫌弃我的工作。”

他怕她嫌弃自己的工作，更怕她嫌弃自己这个人。他小心翼翼地接近她、讨好她，还不忘要把她不喜欢的地方藏起来不让她看到。

从郁颜来到水族馆的那一刻，晏清就发现了她。他暗中安排了她的工作，又偷偷跑去看了她的表演，还托李享转交了礼物。他不敢声张地做完了这一切，甚至没有想过要得到她的感激。

只要她开心，他就很满足。

郁颜呆呆地看了他半晌：“你到底为什么要对我这么好？我只是一个非常普通的女孩子。”

“你才不是什么‘普通’的女孩子。”晏清笑了，“你对我来说，是所有的天气和心情。”

“其实我满身都是缺点，也没有你想象的那么好。我根本就配不上你。”郁颜很有自知之明，“大哥，找女朋友要慎重，三思啊。”

晏清真的摆出一副认真思考的神态，甚至还数起了数：“一，二，三……”

他又望向郁颜：“我认真地思考了三遍，我是真的喜欢你。”

郁颜脸红了。

“还有，什么叫你配不上我，我也有一身的缺点和臭毛病。”晏清说，“比如我很花心——你的每个样子都能让我心动，我喜欢每一个你。”

郁颜觉得自己的脸更红了。

“因为我喜欢你，所以我才要送你那么多东西。我还想送给你更多——我想把西瓜最中间的一块，蛋糕上最大的一块巧克力，果盘里最大的那颗草莓，还有我自己，统统都送给你。”

晏清注视着她。

“郁颜，如果可以的话，你能喜欢我吗？”

郁颜已经脸红到说不出话来了。

这次她可以确信眼前的这个晏清和十二年前的人鱼不是一个人了。当年的那条小人鱼腼腆又羞涩，哪像晏清这样“情话”连篇。

“我……我……”郁颜结巴起来，“太突然了，我还没做好思想准备。”

晏清露出笑容：“没关系，我可以等……但也请你快一点，好吗？”

留给他的时间只有区区一百天，他真的耽搁不起。

看到郁颜没有回答，晏清叹了口气，用只有自己能听到的声音喃喃自语。

“求求你，快点爱上我，好吗？”

# 第三章

## 今天你能嫁给我吗

Ni Yilai
Chaoxi Weitian

最近郁颜总是做噩梦。

更要命的是，噩梦的主角总是同一个人。

有时候，那个人会突然出现在梦里的小巷子，举着一把明晃晃的大砍刀：“快！说你愿意嫁给我！”

有时候，那个人会站在梦中的楼顶，举着一只大喇叭向楼下喊：“郁颜，你不答应嫁给我，我就从这里跳下去！”

有时候，那个人会在梦里解开大衣，露出自己腰上系的那一圈雷管炸药：“你再不嫁给我，我就跟你同归于尽！”

郁颜严重怀疑自己患上了重度被求婚应激障碍症。

自从晏清出现之后，她原本平静的生活就被打破了。这个来历不明的家伙每天都会出现在自己眼前，别人打招呼都是“你吃了吗”，这家伙打招呼却是“你今天能嫁给我吗”。

简直就是无所不用其极。

最近几天，晏清更是黏人得不得了。尤其是郁颜在水族馆打工的时候，他一定会觍着一张帅脸凑过来，像只烦人的苍蝇在郁颜身边转来转去。

郁颜在更衣室换好衣服。一推门，晏清果然又在门口等着，一脸微笑，一看就是恭候多时了："郁颜小姐，天已经很晚了，像你这样漂亮的女孩子，一个人走夜路回家很危险的，不如我送你吧。"

郁颜默默翻了个白眼。和你一起走夜路回家才是真危险吧！

"不用了不用了，"郁颜干笑着摆手，"怎么好意思麻烦你。"

被郁颜拒绝，晏清倒也没显露出难堪。接触了这几天，他已经对郁颜有了更深的了解，很清楚她的死穴在哪里。他笑眯眯地开口："陪老板散步算是加班，是有加班费拿的哟。"

郁颜在金钱的诱惑下挣扎了半天，最终选择妥协："也行吧……"

作为一个智商正常的人，她为什么非要跟钱过不去呢！

晏清微笑着接过郁颜的背包，和她一起走出水族馆的大门。

冬天的太阳总是消失得特别早。郁颜才走出大门，就看见月亮都挂在了天上。

前两天还是圆满无缺的月亮被阴影侵蚀了一些，洒下了温柔的月光。

郁颜原以为晏清会开车送自己回家，谁知道这家伙径直走出了很远。细心的晏清察觉到郁颜的微表情："怎么了？"

郁颜如实回答："我还以为你会开车送我回家呢。"

晏清听完之后笑了："原本我也是这么打算的。可是我想了想，还是步行送你回家比较好。"

郁颜的好奇心被勾上来了："为什么？"

"有三个原因。"晏清回答，"第一个原因，你对我还有戒备。如果我执意要把你拉到我的车上去，你大概会害怕吧。"

郁颜看着他，嘴巴轻轻张了张，没有说话，脸却微微红了。

不管怎么说，被人看出了防备和怀疑，总归不是一件能让人感到愉快的事情。

晏清看出了她的难堪，只是微微笑了笑：“没关系，之前是我操之过急，吓到了你。我希望，以我的努力，能够尽快打动你。不过在这里我想解释一句，我的心是属于你的，它永远都不会萌生出要伤害你的念头。”

郁颜赶紧把自己涨红的脸别到一边。

“第二个原因。”晏清边走边继续说，“这是我的私心。水族馆离你住的地方实在是太近了，如果是开车，那么很快就会走到头。我想多和你相处一会儿，哪怕只有几分钟。”

郁颜继续抿唇不语。

“第三个原因。”晏清抬起头，“机会难得，我想和你一起看月亮。”

郁颜一愣，随即也抬头看了看天上的月亮：“看月亮？”

“对，看月亮。”晏清认真地说，“郁颜，你知道吗？我们种族……我们家族，一直都把月亮当成是信仰。我们相信月光中蕴含着神奇的力量，月亮对我们来说是最神圣也是最宝贵的。”

“信仰？”听到这个词，郁颜不由得觉得好笑，“哪有人信仰月亮的？”

晏清只是微笑：“月亮是很灵验的。如果你有想得到的东西，不妨向月亮许愿试试。”

郁颜好奇地问：“那你曾经向月亮许过愿喽？”

“是啊。”晏清看着郁颜的眼睛，“我曾经向月亮许愿，希望我能和我心爱的人在一起。”

他的眼神太过于直白，郁颜的脸不由得又变得滚烫。

“然后，月亮从天上跌落了下来，我用眼睛接住了它。”

晏清湛蓝色的眼眸中映出了郁颜的身影。

“郁颜，你是我的月亮，我的信仰，我一生的心之所向。”

郁颜开始头疼。

又来了又来了，果然又来了。她就不该奢求能从晏清口中听到除求婚和表白以外的话。

摸着良心说，晏清的那些话的确能让她的少女心怦怦乱跳。可是她又不是没脑子，晏清越是殷勤，她就越觉得蹊跷。

眼看离舅舅家只有一个路口了，郁颜松了口气：“我家快到了，晏清先生，你送到这里就好了。”

晏清却铁了心地要送她到家门口：“我送你到家门口吧。”

“不用不用不用。”郁颜把头摇得像个拨浪鼓，“我又不是小孩了，你还怕我在家门口迷路不成？”

再说了，要是让舅舅一家发现了对她穷追不舍的晏清，她指不定还要因为他惹上多少麻烦呢。

“反正就只有这一点路了。”晏清换上央求的口吻，“郁颜，你就让我再陪你走完……”

“喵——”

昏暗的巷子里突然传来一声猫叫。

郁颜看到晏清突然挺直了脊背，脸色也变得惨白。

他像是被吓坏了。

郁颜忽然想起她和晏清第一次相遇时，晏清似乎也是被猫追得落荒而逃。

郁颜暗笑出声：“喂，你是不是怕猫——”

她话还没说完，晏清一反常态，把郁颜的背包塞到她怀里，转身就跑：“郁颜小姐，今天我就送到这里，咱们明天再见！”

郁颜又好奇又想笑，眼睁睁地看着晏清一路小跑顺着原路跑了回去。

怎么会有人怕猫怕成这样？

走到巷尾，他还不忘回头喊上一句：“郁颜，希望你明天能答应我的求婚！”

晏清消失在拐角，这时始作俑者也慢慢地踱步从阴影里走了出来。

那是一只比手掌大一点的小奶猫。

它打量了一眼郁颜，然后又软软地喵了一声。

郁颜对这么可爱的小东西根本没有抵抗力。她蹲下身子，伸出手掌，那只小奶猫就乖乖地贴了上来，撒娇卖萌求摸摸。

小猫明明这么乖巧可爱，晏清却把它视作洪水猛兽。

真是奇怪。

伸手抚摸小猫时，郁颜忽然想起自己背包里还有一根火腿肠。体校生每天的运动量很大，包包里多少都会装一些备用的零食。她打开背包，拿出火腿肠，喂给小奶猫。

小奶猫像是饿极了，一见到火腿肠就把嘴凑了上去。

也许是看到了有吃的，另一只猫也不知道从哪里钻了出来，趴到郁颜跟前。

郁颜看了看自己脚边两只正在啃火腿肠的猫，脑子里忽然闪出一个念头。

她好像找到可以摆脱晏清的方法了。

第二天，郁颜出门前，特意去厨房转了一圈。

冰箱里放着不少火腿肠和鸡爪。郁颜拉开背包拉链，把火腿肠和鸡爪塞了进去。

她打算拿这些东西来喂猫。

晏清怕猫，这是很明显的事情。如果她的身边总是有猫围着打转，搞不好晏清就会知难而退，不再纠缠她。

毕竟每天都被人求婚，这感觉实在是太毛骨悚然了。

郁颜打定了主意，决定养成每天喂猫的好习惯。

事实证明，她的行动果然有效。昨天被她喂过的那两只猫尝到了甜头，一大早就在郁颜喂猫的地方等着她了。而且这次还多了一只新成员。

郁颜拉开背包拿出食物，喂三只猫吃。

猫当然是越多越好。郁颜想象着晏清看到一群猫之后惊恐的表情，嘴角微微上扬。

喂过猫之后，郁颜照例去水族馆做自己的美人鱼兼职。刚刚结束入职培训不久的她仍然在做主演的陪衬，可是每次表演结束，她得到的花束总是最大的。

结束完最后一场表演，郁颜浮出水面。她抹了一把脸上的水，睁眼就看到晏清正在岸边对自己微笑。

郁颜刚游到边沿，晏清就向她伸出了手："郁颜小姐，你真是我见过最美丽的人鱼了。"

郁颜拉着他的手回到岸上，晏清又替她披上浴巾。

郁颜裹着浴巾，笑道："说得跟你见过真的美人鱼似的。"

晏清只是微笑。

郁颜忽然想起什么："晏清，你相信这个世界上真的有美人鱼吗？"

晏清回答得不假思索："当然相信。"

郁颜一愣。这些年来，她还是第一次听到有人回答"相信"。

她顿了顿，又问："如果我说我小时候见过美人鱼，你会相信吗？"

晏清看着她的眼睛，嘴角微微上扬："我相信。"

郁颜反问："为什么？"

"因为……"晏清顿了顿，"因为你是我深爱的人，所以你说什么我都会相信。"

郁颜忍不住翻了个白眼。

她就不该对这个满脑子只想恋爱结婚的傻子抱有什么期待。

这时候，晏清又拿出一捧花来："郁颜小姐，这是今天的礼物。"

这捧花和之前晏清常送的玫瑰不一样。之前的玫瑰总是大红色的，足有一大捧，开得热烈。而这次的玫瑰花却是柔和的粉色，数量也没有那么多，十几朵挤在一起用皱纸和丝带挽成了一团优雅的圆球。

郁颜知道，如果自己不接花晏清一定不会善罢甘休，只好接过花。

今天的晏清似乎格外开心："郁颜小姐，你喜欢这捧花吗？"

郁颜看了看手里的花，既不好意思说"不喜欢"，又不想说"喜欢"给晏清多余的期待，只能模棱两可地点了下头。

站在一旁的李亨插嘴："这是老板从婚礼上抢来的捧花哟。"

李亨口中的"老板"自然指的是晏清。郁颜狐疑地看了一眼晏清，发觉他笑得更开心了。

"我听说了一个传说，得到新娘子手里捧花的姑娘就会成为下一个新娘。所以我试着去抢了一下，没想到抢捧花的人还是挺多的，我差点没抢到。不过结局还是很好的，现在我把这束花送给你，希望你能尽早成为新娘——郁颜小姐，请问你愿意成为我的新娘吗？"

晏清说得坦荡，丝毫没有意识到自己的行为有多不正常。

郁颜只是在脑海里想了一下晏清站在一群莺莺燕燕的伴娘之中抢捧花的场景，就觉得头大："你朋友今天结婚？"

"老板他哪来的朋友啊。"李亨再次插嘴，"我跑了好几家婚庆公司才找到一对今天结婚的新人。"

所以这家伙就为了一个不靠谱的传说，跑到陌生人的婚礼上去抢捧花？

看着郁颜的表情越来越嫌弃，李亨连忙替自家老板辩解："我们可不是去蹭吃蹭喝的，我们是交了份子钱的。"

郁颜简直要被晏清给气笑了。

你说他有脑子吧，他能干出去陌生人婚礼上抢捧花这种事。你说他没脑子吧，他还知道去吃人家的喜酒要随份子。

不用多说，今天的求婚也是无功而返。不过晏清锲而不舍，哪怕天天都要被郁颜发一张好人卡，他还是热情地献着殷勤：“郁颜小姐，我送你回家吧。”

郁颜脚步一顿，微笑回头：“好啊。”

这是她破天荒第一次答应晏清的请求。就连晏清都没想到郁颜会答应得如此爽快，脸上浮现出些许的错愕。

可这份错愕很快就被兴奋取代。他有些手足无措地搓了搓自己的手，小心翼翼地问：“那我可以牵着你的手吗？”

郁颜想都没想：“不行。”

晏清不肯放弃，试图讨价还价：“就今天晚上一次，可以吗？”

郁颜拿他没辙：“你为什么非得牵手不可？”

“因为我喜欢你。”晏清又开始说那些没羞没臊的话了，“我的眼睛喜欢你，所以它想要看到你的身影。我的耳朵喜欢你，所以它想要听到你的声音。我的手喜欢你，所以它想牵起你的手。郁颜，我全身上下没有一处不喜欢你。”

郁颜不吃他这套：“你要是再胡闹，我可就不让你送我回家喽？”

这一招果然有效。晏清噘起嘴，委屈写在了脸上，可是什么不满的话都不敢说。

可是他不知道，郁颜是有自己的算盘的。郁颜爽快地答应和他一起回家，只是为了能看到他怕猫的窘态。

希望那些野猫今天也在巷子里乖乖等着自己，可千万不要光吃东西不办事。

晏清还天真地以为自己这些天来的殷勤终于起了效果，更加不依不饶地缠在郁颜身后。

“郁颜，今天的你也很可爱。”

郁颜知道这时候搭理这家伙，这家伙一定会变本加厉，于是保持沉默。

可是晏清是多么有毅力的人，即便得不到回应他也毫不气馁：“世界上怎么会有你这么漂亮的人？你的眼睛那么明亮有神，笑容那么甜美动人……”

郁颜的牙都要被他酸掉了：“打住打住！你这么天天睁着眼说瞎话就不觉得亏心吗？”

她是什么样貌她自己心里还是有数的。虽然说不上难看，可绝对没有晏清说得那么倾城倾国。

晏清坦荡地看着她，脸上不见丝毫心虚：“我哪有说瞎话？我说的都是心里话。”

郁颜拿他没辙：“大哥，你为什么非要喜欢我？以你的条件，换个更好的女孩子喜欢不好吗？”

“我想过要找个比你更好的人。”晏清回答，“可我找不到。”

郁颜憋出了一个大红脸，只能低头掩饰。

可在一片黑暗之中，晏清根本没有察觉到郁颜的脸红，他还以为自己又惹郁颜生气了，慌忙道：“对不起，我又说错什么话惹你不高兴了吗？”

郁颜没有回答，晏清又小心翼翼地询问：“那我请你去看电影当作赔礼好不好？我宁可和你一起看一百场电影，也不想和你生一场气。”

“你不用每天都对我说一遍的。我已经知道你喜欢我了。”郁颜说着，突然哆嗦了一下，“怪肉麻的。”

可是晏清却笑了，他温柔地看向郁颜。

“郁颜，我喜欢你。这句话我会对你说一百次，一千次，一万次。就算肉麻，也要忍着。我怕你会忘记，我会随时提醒你的。”

郁颜不想跟他废话，迈开步子就开始往前走。

跟这种脑袋里缺根筋的人废再多话也没有用，还不如直接走到有猫的地方，这家伙看到猫之后自然会乖乖离开。

果不其然，郁颜还没走到家门口的小巷子，几只猫头就从阴影的地方探出了头，喵了几声。

听到这个声音，晏清立刻浑身僵直，顿住步子不敢再往前走。

郁颜故意走了上去，装出一副夸张的样子：“呀，好可爱的小猫啊。”

晏清哭笑不得地站在原地，走也不是，不走也不是。

这群野猫得了便宜就卖乖，见到有东西可吃还不忘拉上亲戚朋友来占便宜，求投喂的队伍越发壮大，很快就从原本孤零零的一只猫变成了浩浩荡荡的一大群。

郁颜摸了摸那只小奶猫的猫头，然后把它抱了起来，举到晏清眼前：“你觉得它可爱吗？”

晏清下意识地往后退了一步，吓出了一身的冷汗。

郁颜故意眨巴眨巴眼睛，装出一副无辜的表情：“你不喜欢猫吗？”

没等晏清回答，她就补了一句断了晏清的后路：“那真是太可惜了，我最喜欢爱猫的男孩子了。”

晏清的笑容变得越来越难看。

郁颜还不罢休，她上前几步，让那只猫离晏清更近了些。

晏清直勾勾地盯着那只猫，努力压抑着自己想要逃跑的冲动。可是本能的恐惧是控制不了的，眼看那只猫离自己越来越近，晏清最终还是扭头就跑，还不忘补上那句：“郁颜小姐，希望明天你能答应我的求婚！”

郁颜笑得肚子都要痛了。她把手里的猫放回到地面，然后又从背包里掏出食物来犒劳这些功臣。

“以后你们每天都要来哟。”她一边剥着火腿肠的包装纸，一边嘱咐着，“我这里还有很多吃的。”

一连几天，情况都是如此。

不知道是不是郁颜一直在坚持喂猫的缘故，最近巷子附近的猫变得越来越多，晏清送郁颜回家的路程也变得越来越短。

也许是郁颜眉飞色舞的表情实在是太过于明显，几次下来，晏清的脸上开始露出苦笑。

他没有办法。只要走到巷子周围，郁颜的身边必定会出现成群结队的野猫，他根本无法靠近。

这就是郁颜想要的效果。她站在由猫组成的屏障之后，明摆着是在看热闹：“你到底要不要送我回家？你不送我我可要自己回去了！”

因为相距得实在太远，郁颜只能大声喊才能让晏清听见。她看到晏清远远地站在原地，拿出了自己的手机。

几秒钟之后，她的手机响了。

郁颜看了看屏幕上的陌生号码，接通了电话：“喂？”

“郁颜小姐。”

熟悉的声音响起，打电话的人果然是晏清。

郁颜问：“你是怎么知道我的电话号码的？”

“号码是我擅自向李享要来的，抱歉。”晏清在远处看着她，“一直以来，我都忍耐着不想打这个号码，我怕你会因为我擅自打听你的电话号码而讨厌我，我们之间的距离会变得更远。可是到了现在，我有个非问不可的问题。”

他吸了一口气。

“郁颜，你是在躲着我吗？”

郁颜恶作剧般的笑容逐渐消失。她认真回答：“是。”

电话那头沉默了几秒钟。

“对不起，我尽力了。”晏清无奈地笑了，“人类世界的爱情实在是太复杂了，我实在不知道该如何打动你。”

“人类世界的爱情——”这句表述太奇怪了。可郁颜还没来得及细想，晏清又再次开了口。

“我没办法对你撒谎，骗你说我喜欢猫。我不喜欢猫，甚至是到了恐惧的地步。说实话，你喜欢猫这件事就让我觉得毛骨悚然——可是事已至此，我却仍然无法劝说自己放弃喜欢你。哪怕这违背我的天性，忤逆我的本能，但我仍旧爱你。”

他的眼神依然坚定。

“所以我不会放弃。我还有几十天的时间，希望在这剩下的几十天里，你能够真正地爱上我——郁颜，希望明天的你能够接受我的求婚。晚安。”

晏清挂了电话，轻轻地放下了手机。他仍旧向郁颜微笑着挥手告别，然后转身离去。

郁颜看着晏清的背影，突然觉得他有些可怜。

可是她身边的猫早就等不及了，一个个喵喵地撒着娇，期待着和往常一样的大餐。

郁颜狠了狠心，决定不理会这些流浪猫的撒娇卖萌：“以后我就不喂你们了。你们也别老出来吓唬他了。”

她也不是铁石心肠。听完晏清刚刚的那番话之后，她竟然觉得有些心疼。

那些流浪猫可不管这套。眼看撒娇卖萌不管用，那些猫又换了战术，开始卖惨。那只和郁颜最亲近的小奶猫站了起来，脚步虚浮，叫声无力，像是快要被饿晕了。

这下郁颜又狠不下心去了。她想了想，到底还是打开了自己的背包：“这是最后一次了，以后我绝对不会给你们东西吃了！”

见到吃的，野猫立刻围了上来，郁颜也开始手忙脚乱地剥着火腿肠的包装纸。

这时候，郁颜的身后响起了脚步声，有人站在她的身后。

“真是吃饱了撑的。”挖苦的声音传了过来，“有多少穷人连饭都吃不上呢，你居然拿火腿肠喂猫？”

听到这句话，郁颜地起身，站直了身体。她的后背绷得笔直，看起来和遇到猫的晏清没什么两样：“舅妈。”

舅妈冷笑一声，蹲下身子捡起地上的半截火腿肠：“哟，这不是我买的火腿肠吗？”

郁颜心里暗想大事不好。

果然，舅妈大发雷霆：“你可真是人美心善又大方。你这么善良这么有爱心，怎么不自己赚钱去买东西给野猫吃呢？居然从老娘这里偷东西！”

舅妈扬起手里的半截火腿肠往地上狠狠一摔，原本黏人的野猫们立刻奓起毛来四散而逃。

“走，回家。”舅妈直接拽住郁颜的后领，“让你舅舅教育教育你。”

郁颜都快要急哭了，只能由着舅妈拽住自己的后领往前拖。

舅舅一家待她向来刻薄，尤其是她的那个亲舅舅，花在她身上的每一分钱都算得清清楚楚。要是他们真的计较起来这件事，自己绝对是吃不了兜着走。郁颜暗自祈祷希望舅舅不在家。可惜事与愿违，舅妈开门的时候，舅舅和乔安安正坐在沙发上看电视。

舅舅拿眼睛一瞟，就知道郁颜肯定又做了什么事：“怎么了？”

舅妈没好气地说：“你问她自己。”

郁颜战战兢兢地往角落里躲了躲，瑟缩道：“我拿了冰箱里的火腿肠和鸡爪。”

舅舅不耐烦地拧起眉头：“你拿那个干什么？”

郁颜的脖子都要缩进毛衣领里了：“喂流浪猫……”

舅舅一愣，随即摆出一副被气笑的表情：“我喂你还喂不起呢，你还有那个闲心去喂流浪猫？用的还是我们家的东西？嗯？”

“我们家”三个字被舅舅刻意咬重。

“跟你那个没有出息的爸爸一样。”舅舅话锋一转，又将矛头指向了郁颜的父亲，“自己都顾不上了，还有心思顾别人。”

“舅舅。”郁颜咬了咬嘴唇，“你怎么说我都好，但别说我的爸爸，好吗？”

无论舅舅怎么嫌弃她、厌恶她、轻侮她，她都能容忍。可她不能接受自己的父亲被人辱骂嘲讽。

舅舅冷笑：“怎么，我还不能说了？”

“他都已经过世了。”郁颜央求，“请你尊重他，好吗？”

“我哪里不尊重他？”舅舅明显是生气了，“我不尊重他，能替他白养了这么多年孩子？我不尊重他，能白给你吃十二年的饭？我不尊重他，能花那么多钱送你去体校？”

在一旁窝在沙发上边吃零食边看电视的乔安安露出幸灾乐祸的笑来。她的目光斜过来瞥了郁颜一眼，随即又回到电视屏幕上，完全是一副事不关己高高挂起的态度。

她对于郁颜这个吃了十几年白饭的表姐一直没什么好感，巴不得事情能闹得更大些，好让她看热闹。

郁颜被劈头盖脸地呵斥了一顿，眼角泛红变得湿润。

她是一个难产儿，一出生就夺走了妈妈的生命。不知道是不是因为这个原因，舅舅才对自己这个杀害妹妹的“凶手”带有这么强的敌意。

同样惹舅舅讨厌的还有她的父亲。一直以来，郁颜的父亲都在打各种零工来维持父女俩的生活。微薄的收入无法支撑起舒适体面的生活，这让郁颜的父亲很是愧疚。所以，他打算趁着年轻拼搏一番，成了一艘远洋货船上的海员。

自从有了这份工作，郁颜的父亲拿到了丰厚的薪水。不仅如此，他还能在世界各地搜罗新奇有趣的小玩意，然后把它们包装成精美的礼物送给郁颜。

时至今日，郁颜仍旧记得父亲第一次出海回来时给自己带的礼物。那是一条漂亮的银色手链，上面镶嵌有六颗散发着轻柔光辉的月光石。从父亲手中接过它的时候，郁颜露出了灿烂的笑脸。

可是好景不长，父亲才做了几个月的海员，就在一次航行中遭遇了风暴，不幸去世了。从此之后，郁颜便被送到了唯一的亲人——舅舅家里“借住”。这一“借住”就是整整十二年。

“郁颜，就算你爸爸还活着，你的生活也未必会比现在好。”舅舅不依不饶，“你还真以为你爸爸是个英雄啦？我告诉你，他就是废物！你要是真想感谢谁，那也得感谢我辛辛苦苦赚钱养你，感谢你舅妈天天无微不至地照顾你，感谢你妹妹宽宏大量地容忍你，感谢我们一家这么可怜你！”

郁颜的右手攥成了拳头。她已经忍了十二年，早就已经忍不下去了。

“对，我是应该感谢你们。”她抬起头来，脸上却是怒火，“我感谢你拿走爸爸的巨额保险之后却连一件合身的泳衣都不舍得买给我，我感谢舅妈每天天不亮就催我起来做家务，我还感谢乔安安在学校带着其他同学一起排挤我，我真要感谢你们留我到现在，就因为爸爸的公司在我十八岁以前每个月都会给我寄一笔生活抚恤金！”

听到这里，舅舅终于恼羞成怒，站起身来扬起胳膊扇了郁颜一巴掌：“行啊，郁颜，翅膀硬了？你还真以为我不敢撵你滚出这个家？”

“你也是时候该找个借口让我滚出这个家了吧？”长久的积怨终于爆发，一直以来忍气吞声的郁颜再也咽不下去这口气了，“我已经成年了，生活抚恤金你也拿完了，你在我身上也捞不到新的钱了。”

“真是狗咬吕洞宾，不识好人心！”舅妈咬牙切齿地帮腔，“辛辛苦苦养你这么大，我们还真成罪人了？你这丫头给我道歉！”

郁颜看了看脸已经涨成猪肝色的舅舅，仍旧倔强地昂着头：“我说的都是实话。我不会因为自己说了实话而道歉。”

“好，有骨气！”舅舅猛地打开房门，不由分说地把郁颜推搡出去，“既然你这么有骨气，以后也不用吃我们家的饭了！你给我滚出去！”

他是真的被气坏了。他没想到，一向逆来顺受的郁颜会说出这么决绝的话。

可更让他生气的是，郁颜所说的确实都是真的。原来他的那点小算盘早就被郁颜看破了，这更让他恼羞成怒，只能用暴戾来掩饰自己的心虚。

郁颜猝不及防，险些跌倒在地上。她踉踉跄跄地站住了没有摔倒，身后的屋门却发出不小的声响，紧紧地合上了。

她被赶出来了。

郁颜愣愣地看了看舅舅家的房门，然后转身离开。

她不知道自己该去哪里，可是她知道，这里已经不再是她的家了。

或者说，这里从来就不是她的家。

好巧不巧，外面飘起了雪花。雪花落到了郁颜的头顶，她对着自己的双手哈了一口气搓了搓，拿出手机。

时间已经不早了，而她身无分文。她得找个地方住上一晚。

可是她能联系谁呢？

郁颜的手指划过手机屏幕，她突然发现自己连一个可以求助的人都没有。

她在学校里没有要好到可以厚着脸皮赖在人家家里的朋友。整个手机的通话记录里，似乎只有老刘一个能收留她的人。可二十岁的体校女生夜宿在男性教练的家里，这本身就是一件容易引起误会的事，她可不想给老刘惹麻烦。

折腾了半天也没找出个合适的人选。郁颜抬起头来打算把手机塞回口袋，可好巧不巧的是，手指居然误触了一个号码。那个被表妹淘汰下来的迟钝旧手机这时候突然变得灵敏起来，把电话拨了出去。

郁颜盯着那个没有备注姓名的陌生号码思考了两秒钟，然后在对方还没来得及接听之前就猛地挂断了电话。

她差点忘了，这个号码是晏清刚刚拨过来的！

郁颜刚手忙脚乱地挂断了电话，手机却又响了。晏清又把电话打了回来。

嗡嗡乱响的手机像是块烫手的山药，郁颜连忙把电话挂断。可是就像郁颜早就领教过的那样，晏清绝对是个不肯轻易放弃的人。几秒钟之后，手机铃声再次响起。

郁颜只好再次按下挂断键，可她刚挂断没几秒，电话就又打了过来。

这么如此往复几次，郁颜的手机终于消停了。她暗自松了口气，可是不知怎么，心里竟然有些失落。

即便是晏清再有毅力，被挂断十几次后他也会识相收手。那么求婚呢？他说他要向自己求一百次婚——如果求婚失败一百次之后，他还愿意继续坚持吗？

八成会失望放弃吧？

郁颜摇了摇头，强迫自己停止胡思乱想，眼下还是找个栖身之所比较重要。

她有心想找个店铺进去避避风雪，可附近的店铺早就打烊了，她连个合适的屋檐都找不到。

郁颜在街上没有头绪地乱转半天，最后还是回到舅舅家门口的小巷子。最起码这里还有几盏亮着的路灯陪着她。

选好地方之后，郁颜蹲下了身子，伸出双手向掌心哈着气。下雪天实在是太冷了，蜷缩成一团能让她稍微觉得暖和些。

四周还在簌簌地向下飘着雪花。郁颜专心致志地揉着自己已经冻僵的手，不知道为什么又想起了晏清。

就在前不久，他也是一个人孤零零地站在冷风中等着自己，等了足足一天。

郁颜手上的动作轻轻一滞。她察觉到自己头顶的雪花突然消失了，路灯的光也变得稍微暗淡了些。

她抬起头来，看到自己的头顶出现了一把伞。

晏清站在自己面前，微微弯下腰："你怎么在这里？"

郁颜没想到他会出现，立马站了起来，不肯露怯："我还没问你呢，你怎么在这里？"

"刚刚你给我打电话，我想你也许是想我了。"晏清随着她的动作站直了身体，"我心里很清楚，十有八九是我自作多情。可是万一呢？哪怕你只有一点点想我，我也想把握机会。"

"那你是真的自作多情了。我没有想你。"郁颜说完这句话，忽然心虚地停顿了一下。

从被赶出家门到现在的短短几十分钟里，她已经不止一次地想起过晏清。

"刚刚那通电话是我不小心按出去的。我才没有想你。"郁颜嘴犟地重复了一遍，"我只是被赶出来了。"

晏清的脸上浮现出些许错愕："被赶出来了？"

"对啊，被赶出来了。"事已至此，郁颜也没必要再藏着掖着了，她落落大方地展了展自己的双臂，"我被我舅舅赶出来了，现在身无分文，流落街头。"

郁颜越说越难过，索性抽起了鼻子。

"我现在没有地方可以去了。"

她毕竟是被人生生赶出来的，说不委屈那是假的。天大地大，竟然没有一个地方是她的容身之所。自从父亲离世之后，这个世界上就再也没有能为她遮风挡雨的人了。

晏清擎着雨伞，把伞微微侧向郁颜。郁颜看到他的发梢沾着几颗白色的雪粒。

他问：“那你为什么不来找我呢？”

郁颜听到这句话后不由得一愣。这段时间以来，躲避晏清对她来说已经成了一种习惯。晏清无数次地打来电话，她每次都是挂断了事。

“如果你没有地方可以去，那就来找我吧。”晏清柔声开口，“郁颜，我希望你能记住，当你无处可去的时候，我将是你永远的退路。”

他向前迈了一步，离郁颜更近了些。

晏清抬起胳膊，轻轻拂去了郁颜头顶和肩上的落雪。

郁颜看了看眼前的晏清，突然也向前迈了一步，头埋进了他的胸口。

她的声音含混不清，还带着哭腔：“胸口借我靠一下。”

说来也奇怪，这也不是她第一次受委屈了。以前她总觉得，即便是天大的委屈她都能忍住，可晏清几句温柔的话就让她的坚强土崩瓦解了。自己的所有不甘和难过似乎都可以一股脑地倒给晏清，因为他会全盘接受自己的一切。

晏清怔了怔，抱住她，轻轻地拍了拍她的后背。

这次郁颜没有拒绝晏清的邀请，跟着他回了家。

横竖她现在也没有别的选择，既然晏清愿意让她免费蹭吃蹭住，她当然愿意占这个便宜。

再者说了，不管怎么说她也是个身体素质极佳的体育生。再看看晏清那个儒雅温和的样子，搞不好他脱下大衣来瘦得就像一根木棍。要是他真的心怀不轨对她出手，她也未必就打不赢。

晏清的住所就在水族馆的不远处。郁颜一下车，就看到一栋独门独户的复式小洋楼：“你这个地方很不错嘛。”

“能得到郁颜小姐的夸奖是我的荣幸。”晏清一边说着，一边开了大门的密码锁，“密码是0211，下次我不在的时候，你可以自己开门。这个密码应该很好记吧？”

郁颜抿了抿嘴唇。她没想到晏清的家门密码居然是她的生日。

打从晏清一出现，他似乎就对她的情况知根知底。他知道她的学校，知道她的住处，甚至连她的生日都知道。

实在是太蹊跷了，虽然她现在是不得不低下头来寄人篱下，可还是小心一点比较好。

晏清自顾自地走进了家门，开始向郁颜介绍：“这里是客厅，那边是浴室，那边是厨房……”

郁颜傻傻地盯着他，脸上又露出了疑惑的表情。

晏清自打开门后就没有开过灯。他行走在一片漆黑之中，却一件东西都没碰到。他似乎有着异于常人的夜视能力。

实在是太奇怪了。

还没等郁颜怀疑完，晏清就察觉到了她的表情。他迟疑了一瞬，随即又露出往日温和的笑容：“看我这记性。你来我家我实在是太高兴了，高兴得我都忘了开灯。”

他若无其事地重新走回门口打开了客厅的灯，然后指了指一间房间：“那一间是我的卧室，如果不嫌弃，今晚你就睡那里吧。”

郁颜听后连忙摆手：“这怎么行？我睡客房就好，客房就好。”

“我这个人没什么朋友，平时这里除了我，就只有李享偶尔会过来。

客房根本用不到，所以我就没有收拾。”晏清不好意思地挠了挠头，“所以你今天晚上就睡我的房间吧，我睡沙发……哎，你的脸怎么红了？”

郁颜赶紧否认：“没有没有没有……”

眼下她又羞又臊。刚刚是她想多了，她哪知道晏清的意思是让她一个人睡卧室？

她还以为……晏清可能会趁机占她便宜。

幸而晏清没有多想。他继续说：“刚刚在外面冻了那么久，一定冻坏了吧？你先去泡个热水澡，小心感冒。”

恭敬不如从命。郁颜拿着浴巾和换洗睡衣走进了浴室，一眼就被浴室里那个巨大的浴缸震撼到了。

浴室的正中央砌起了一个圆形的大浴缸。可是按照尺寸来说，这不像是“浴缸”，反倒更像是“泳池”。郁颜觉得自己都能在里面练习自由泳了。

“啧啧，有钱人真会享受。”她不由得感慨。

郁颜放好了热水，舒舒服服地泡了进去。

温热的洗澡水有种能够治愈身心的力量。郁颜在里面泡了一阵，就觉得通体舒畅，舒服得不得了。

泡好之后，她擦着头发走出浴室，发现晏清正在厨房里面忙活。

晏清也察觉到了她，转过头来向她笑了笑：“你还没吃饭吧。我做了点吃的，先填填肚子。”

郁颜也不跟他客气，一屁股坐在了餐厅的椅子上。

晏清的腰间系着围裙，俨然是一个居家好男人。看到郁颜坐好了，他就关了火，把做好的菜端上了桌。

餐桌上早就放了不少碗碟。晏清的厨艺不错，每道菜都做得香气扑鼻。郁颜深深地吸了一口，饥肠辘辘的感觉变得更明显了。

她满心欢喜地拿起筷子，仔细地打量了一眼这桌丰盛的晚餐，但很快就察觉到了不对劲儿。

郁颜拿着筷子指了指自己眼前的一道菜："这是什么？"

晏清回答："凉拌海草。"

还行，是家常菜。

郁颜又指了指另一道："那这个呢？"

晏清又答："红烧海草。"

红烧，倒也不算稀罕。

郁颜还不死心："那这个呢？"

"麻婆海草。"

好嘛，这次是川菜。

"那这个呢？"

"糖醋海草。"

好嘛，这次是鲁菜。

"那这个呢？"

"海草煲粥。"

好嘛，这次是粤菜。

"那这个呢？"

"海草浓汤。"

好嘛，这次是法餐。

“那这个呢？”

“海草刺身。”

好吧，日式料理都出来了。

郁颜的心里全是波澜。

这菜系还占得挺全，可你倒是换个食材啊！

晏清察觉到郁颜脸上的异样，立马换了副不好意思的表情：“这次你来得太突然，我也没有什么准备。现在这么晚了，也没有地方去买菜了……就只能用冰箱里有的东西先凑合一下。明天！等到了明天，一定让你吃得满意！”

郁颜一时间不知道是该哭还是该笑。

合着您老人家的冰箱里就只放了一堆海草？

不过她也真是饿极了，拿起筷子就开始往嘴里塞各种海草。

出乎她的意料，晏清的厨艺竟然很不错。

晏清就坐在她对面，笑眯眯地盯着她看，样子十分满足。

郁颜被他盯得发毛，只好没话硬找话活跃气氛：“你很喜欢吃海草啊。”

晏清点头：“对。”

郁颜问：“天天吃？”

“天天吃。”晏清想了想，补充了一句，“应该说每顿都吃。”

郁颜又问：“你每顿饭都变着花样给自己做海草吃？”

这次她是真的好奇了。

晏清摇了摇头：“如果是我一个人吃的话就不用这么麻烦了。我比较喜欢吃生的。”

郁颜差点被海草一口噎死。

真的会有人一天三顿都吃生海草吗？这厮是不是海草精转世？

这真的不能怨她多疑，晏清身上奇怪的地方实在是太多了，让人不得不多想。

吃过晚饭，晏清收拾好了碗碟，就开始催促郁颜赶紧去睡觉：“时间也不早了，你赶紧去休息吧。”

他这么体贴反倒让郁颜不忍心了：“你真的要睡沙发？”

晏清微笑：“郁颜，你这是在关心我吗？”

“才没有！”郁颜连忙否认，“你可别自作多情啊。”

晏清倒也不急着戳穿她：“就只有今天一晚上而已，明天我让李享过来帮我收拾客房。现在，我的房间和我房间里所有的东西都属于你了，你快乖乖上床睡觉。晚安。”

晏清说完，就伸出手来轻轻揉了一下郁颜的头发，转身走进了别的房间开始翻找备用的被褥和枕头。

郁颜呆呆地举起手来碰了碰晏清刚才摸过的地方。这一次，她居然没有感觉到本能的恐惧和警觉。

她把手放下来，叹了口气——自己的警惕正在逐渐消融瓦解。

郁颜趿着拖鞋走进了晏清的卧室。

打开灯之后，郁颜发觉整间房间的墙壁和吊顶都被粉刷成了深海般的蓝色。

“真是个怪人。”郁颜小声嘟囔着，关上房门，开始正式打量这个房间。

除了墙壁的颜色不常见之外，这里倒也没有其他什么特别之处。整个房间被收拾得井然有序，几乎不像是一个男人的房间，看来晏清有着非常好的生活习惯。

郁颜仰着身子躺了下去，柔软的床垫马上就接住了她。

这张床比她自己的那张又小又硬的床实在是舒服太多了。

郁颜兴奋地抱着被子滚了两圈，嗅到了被子上残留的味道。

那是很清新的味道，闻起来像是温柔的海风，让人莫名地感到安心。

郁颜心满意足地整理好被自己搅乱了的被子，才要躺下睡觉，却瞥见一旁的床头柜上摆着一只精致的小盒子。

盒子不大，不过巴掌大小，上面镂刻有精美的花纹，像是个首饰盒。

郁颜的好奇心又被勾了上来。她从床上爬了起来，伸手去碰那个盒子。

晏清是个浪漫的人，他总是会为她精心准备各种礼物。郁颜理所当然地把这只小盒子也当成了晏清预备好的惊喜。

“现在，我的房间和我房间里所有的东西都属于你了。”这句话可是他说的。

郁颜跪在床上，打开了盒子，笑容却在一瞬间凝滞。

里面装着的是一条手链。

银色的手链，上面镶嵌有一颗通透的月光石，和她十二年前丢的那条一模一样。

正在她发呆的时候，房门被轻轻叩响，晏清的声音从门外传来：“郁颜小姐，你睡了吗？”

郁颜慌乱地把首饰盒的盖子合上，放回了原处：“还没有。”

“那我可以进来吗？”晏清又问，“我有个东西忘在房间里了。”

郁颜从床上爬了下来，站在了地上：“你进来吧。”

门把手轻轻一转，门被打开。晏清的脸上满含歉意：“不好意思，打扰了。”

郁颜佯装无事发生：“你要拿什么东西？”

晏清径直走到她身旁，若无其事地拿起了刚刚那个首饰盒。

郁颜到底是没控制住自己，张口就问：“里面放的是什么？”

晏清没有正面回答，把首饰盒直接装进了睡袍的口袋：“没什么。”

郁颜抑制住内心汹涌的情绪，又问出了一个问题：“晏清先生，我们之前见过面吗？”

晏清一愣，随即又摆出惯用的温柔笑容：“为什么突然这么问？”

郁颜不理会他，直接把手伸向了晏清的睡袍口袋。晏清下意识地侧腰躲闪，表情中带了些心虚。

这更加印证了郁颜的想法。晏清果然是在刻意隐瞒什么。她不由分说地把那个盒子抢了过来，打开盖子。

“这条手链，”郁颜的声音有些微微发抖，“我在十二年前丢过一条一模一样的。”

晏清似乎有些心虚，口齿含混不清地解释着：“世界上相似的手链很多……”

“我的那一条是我爸爸出海时带回来的礼物。”郁颜说，“爸爸告诉我，那条手链是银匠手工制作的，全世界仅此一条。”

听到这里，晏清抿上了嘴。

“爸爸把它送给我没多久，就在一次海难中去世了。所以那条手链是爸爸留给我的宝贵遗物，它长什么样子我记得清清楚楚。可是十二年前，我把它弄丢了，是在海边弄丢的——”

郁颜顿了顿，死死地盯着晏清那双湛蓝色的眼睛。

“晏清，你到底是什么人？”

# 第四章

## 湛蓝色的眼睛

*Ni Yilai*
*Chaoxi Weitian*

十二年前。

一个小女孩正坐在沙滩上，望向远方的大海。

她的手上戴着一条镶了月光石的手链。

小女孩低下头来看着自己腕上那几块和头顶的月亮一样皎洁美丽的石头，咬着嘴唇一言不发。

耳朵突然捕捉到了奇怪的声音。小女孩抬起头来，看到不远处的海面似乎翻腾着浪花。

那里似乎有东西在挣扎。

小女孩犹豫了一瞬，还是站了起来，走向大海。

海浪轻抚着她的脚踝，沙砾磨得她脚底发痒。她的脚踏过了海浪激起的白色浮沫，然后停住了。

小女孩几乎不敢相信自己的眼睛。

她好像……看见了一条人鱼。

一双惊恐的眼睛正望着她。那双眼睛是湛蓝色的，清澈而深邃，就如同大海。

明明是人类的面庞，小女孩却注意到他的胳膊上生着些许鱼鳍似的凸起。再向下望去，他那本该是两条腿的部位却被鱼鳞紧密地覆盖着。

那是一条鱼尾。

在月光的轻抚下，那条鱼尾泛出了淡淡的银白色光泽。小女孩这才注意到，那条鱼尾上横七竖八地缠绕着不少乱糟糟的丝线。

他被渔网缠住了。

看来他已经努力挣扎过了。可用来做渔网的丝线向来都是最结实的，单凭一条幼年的人鱼根本无法摆脱。渔网上还挂着细小的挂钩，那些细小的弯钩已经刺破了鱼鳞，勾进了人鱼的血肉，流出些许红色的血丝。

小女孩张了张嘴：“疼吗？”

满含温柔的两个字让小人鱼眼睛里的警惕逐渐消失。小人鱼点了点头，冷嘶一声。

他早就疼得受不了了。

“我来帮你吧。”小女孩靠近他，“你不要乱动，会越缠越紧的。”

她小心翼翼地伸出手来碰了碰那条鱼尾。出乎意料的是，那条小人鱼并没有仓皇逃走，而是静静地看着她。

小女孩蹲下身子，手臂伸进了海面。

她腕上的那颗月光石随着她的动作在海水中上下沉浮着。

等到最后一根丝线被理顺，小女孩就把渔网从小人鱼的身上取了下来。小人鱼试探着动了动尾巴，转身钻入大海。

正当小女孩以为他已经走远了的时候，海面忽然波动了一下，那条人鱼再次出现在她眼前。

小女孩听见小人鱼对她道谢：“谢谢。”

小女孩好奇地看着他：“你是美人鱼吗？”

小人鱼轻轻地用自己的鱼尾拍打了两下海面，表明自己的身份。

“真的是美人鱼呀。”小女孩好奇又欣喜，“我可以摸摸你的尾巴吗？”

小人鱼似乎有一瞬间的迟疑，然后羞赧地点了点头，将自己的尾巴抬高了些。

小女孩把手放了上去。鱼鳞摸起来冰冷而滑腻，在清朗的月色下泛着水光。

就如同美丽的月光石一样。

想到这里，小女孩的手僵住了。

小人鱼察觉到她的异样：“怎么了？”

“我的手链不见了，那是我爸爸留给我唯一的东西！”

原本系着手链的手腕现在变得空空如也，那枚月光石不知道在什么时候丢失了。

“怎么会不见呢？”小女孩着急得快要哭出来，“明明刚才还在我手上的——一定是掉进海里去了！”

她弯下腰来开始在近岸的浅海中摸索，可是一无所获。

小女孩的脸上出现了泪痕：“怎么会没有呢？难道被海水冲到别的地方了吗？”

“别着急。”小人鱼安慰她，“我帮你找。”

小女孩点头之后，小人鱼转身一跃消失在了海浪中。

小女孩继续在浅海中翻找着，可仍旧没有找到。

远处传来了呼喊声：“郁颜？郁颜！小兔崽子你跑哪里去了？”

小女孩怯生生地站直了身子：“舅舅，我在这里。”

“大晚上你不回家瞎跑什么！”一个男人走了过来，眉头紧锁，满脸不悦，“你知不知道我和你舅妈找你找了多久？一点都不听话，净给我添乱！”

他不耐烦地抓住了小女孩的胳膊，动作很粗暴：“走，跟我回家。”

小女孩小声开口：“我的手链丢了……”

“丢就丢了，上面那块破石头又不值钱。”

小女孩还想说什么：“可是……”

“可是什么可是，回家！”男人大声呵斥她，“别让我说第二遍！”

小女孩噘了噘嘴，想哭却又不敢，只能跟着男人乖乖回到了岸上。

小女孩个子矮，步子也迈不大，可那个被她称作“舅舅”的男人却毫不怜惜她，只顾着自己大步流星地向前走，小女孩只好跟着他踉跄地小跑着。

回去的路上，她一直在偷偷地往回看。

海面上仍然只有海浪在轻轻摇晃。

她轻轻叹了口气，不再回头。

童年记忆中的画面定格在了这里。

郁颜从水下浮了出来，深吸了两口气，目光仍然有些茫然。她靠在游泳池的边缘发起了呆。老刘走到她跟前，佯装作势要踢她一脚：“你不好好训练在这里发什么呆？”

郁颜没皮没脸地笑了。她向老刘招了招手："老刘，你过来。"

老刘眉毛一挑："干什么？"

"你过来嘛！我问你一件事。"

老刘在郁颜面前蹲下："你想说什么？"

郁颜趴在游泳池边缘："老刘，你见过美人鱼吗？"

"你是不是想送我水族馆美人鱼表演的门票？"老刘对郁颜在水族馆里打工的事情有所耳闻，"要送就送三张啊，我带着老婆、孩子一起去看。你要是只送一张我可不去。"

"哎呀，不是。"郁颜说，"我说的是真的美人鱼——你相信这个世界上有真的美人鱼吗？"

老刘是个十足的糙汉，哪里想过这种充满少女心的问题："哈？"

"我是说，有没有这么一种可能。"郁颜问老刘，"比如，一个人救了一条美人鱼，十几年之后，这条美人鱼就变成了人又找到了这个人来报恩？故事里不都是这么说的吗，书生救了只狐狸，多年之后狐狸修炼成人形又找上门来，还有个版本说是仙鹤找上门来织布报恩……"

郁颜眼巴巴地望着老刘。除了老刘，她不知道自己还能找谁来商量。

她在怀疑晏清。

晏清这个人从一出现就带着满身的谜团。这个人从来历身份到行为举止都异于常人，而当她在昨晚看到那条月光石手链时，一个大胆的念头浮现在了脑海里。

十二年前被她所救的小美人鱼，会不会就是晏清？

连郁颜自己都觉得自己这个猜测是天方夜谭，可她的直觉偏偏就是这么觉得。现在她的思绪成了一团乱麻，怎么理都理不顺。她只能问问老刘的看法。

老刘看了看她，露出了鄙夷的表情：“你小说看多了吧？”

郁颜无奈。

她真不该对一个中年大叔抱有什么期待。

“你一个练体育的孩子想象力怎么这么丰富？”老刘继续说，“就算是像你说的那样，真的有美人鱼存在。可他怎么来找人报恩？鱼尾巴怎么办？直接剁了清蒸啊？别瞎想了，有空瞎琢磨不如给我多游几圈，过几天的比赛还想不想去了？不想去我可换别人了啊。”

“想想想，当然想。”郁颜赶紧泡回水里，“我这就去练。”

老刘说得没错。如果晏清真的是当年那条小美人鱼，那他的尾巴怎么会凭空消失，变成一双人腿？

等一下，他那双腿真的是人腿吗？

郁颜游泳的速度突然慢了下来。

现在正是冬天。每次她和晏清见面，晏清都穿着长裤，把自己的腿遮得严严实实。即便是昨天晚上，他也穿着厚实的睡袍，袍子一直垂到地上。

说起来，她还没真正地看见过晏清的那双腿。

如果晏清真的是什么美人鱼，那他的双腿应该多少会和人类有差别吧？最起码他的腿上应该会长着鱼鳞。

郁颜下定了决心。今天晚上，她非要亲眼看到晏清的腿不可。

晚上，郁颜回到家时，晏清已经做好了饭菜。

“你回来得正好。”他殷勤地把盛好的米饭端到郁颜跟前，“我还担心你还没到饭就凉了。”

今天的饭菜里没有海草。看来晏清还记得自己昨天说过的话，特意准备了这桌丰盛的菜色。

可是郁颜却对饭菜不感兴趣。她的眼睛死死地盯着晏清的裤子。

晏清穿着一身休闲的家居服，宽松的裤腿把他的双腿遮挡得严严实实。再往下看，他的脚上穿着厚实的棉线袜子和棉拖鞋，真是半点缝隙都没漏出来。

虽然在寒冷的冬天这副打扮再正常不过，可是她已经对晏清起了疑心，晏清怎么穿都显得可疑。

郁颜的眼神实在太过于赤裸裸，晏清被她盯得浑身不自在：“我准备的饭菜不合你的口味吗？”

“不是不是不是。”郁颜连忙拿起筷子，开始吃菜。

晏清又走到冰箱前，从里面拿出满满一沙拉碗的生海草，坐在郁颜对面。

他拿起叉子，叉起一片海藻，津津有味地嚼了起来。

那些海草郁颜昨天才刚刚尝过。如果没有佐料，海草分明什么味道都没有，晏清却能吃得这么乐在其中。

可疑，实在是太可疑了。郁颜这么想着，眼睛又不由自主地瞥向餐桌下面晏清的下半身。

那真的是两条货真价实的人腿吗？

晏清咀嚼的动作停下了。他咽下了嘴里的海草：“郁颜小姐。”

郁颜连忙往嘴里扒了几口饭：“怎么了？”

晏清向前微微倾了倾身子：“你今天怪怪的。”

“有吗？”郁颜又往嘴里塞了一口饭。

“你一直在盯着我看。”晏清指了指自己，“还是说我今天哪里怪怪的？”

“哎呀，你想多了。”郁颜低下头去，“吃饭吃饭。”

可是吃着吃着，她的好奇心又被勾起来了。

郁颜看了看桌面，自己的手边放着一只塑料勺。她咳嗽两声，用胳膊肘拐了拐那只勺子，勺子啪的一声就掉在了地上。

“呀，勺子掉了。”

郁颜装出一副吃惊的样子，然后自然而然地弯下了腰，在桌子底下光明正大地偷看起晏清的双腿。

可是任凭她怎么看，那条裤子都不会被她看出一个洞来。她只好从形状上着手研究。

隔着裤子来看，晏清的腿修长匀称。从比例来说，那双腿的长度也是恰到好处。平时晏清能走能跑能跳，从这个角度来考虑，这两条腿也不像是假的。

郁颜正看得出神，桌子底下突然又出现一个脑袋：“郁颜小姐？”

得，被人家逮了个正着。

郁颜只好讪笑着捡起地上的勺子，重新坐正：“这个勺子太淘气了，害我找了半天，哈哈哈……”

这个谎撒得并不高明，毕竟那只勺子就掉在她的脚边。

晏清无奈地看着她，不知道她到底想干什么：“你真的没事吗？”

“你可真会开玩笑，我能有什么事？哈哈哈……”

笑声假到连郁颜自己都听不下去了。

她好不容易挨过了这顿尴尬到极点的晚饭，然后又和晏清坐在同一张沙发上看起了电视。

看着看着，她的眼睛又开始不自觉地往晏清的腿上瞄。

晏清被她盯到心里发毛，拿出了手机，手指在屏幕上飞快地点着，像是在打字。

郁颜注意到，晏清微微侧了侧身子，像是有意在遮掩手机屏幕上的内容。

可疑，实在是太可疑了！

也不知道晏清在自己的手机上看到了什么东西，他皱了皱眉头，然后把息了屏的手机丢在沙发上：“你先看电视，我先去洗澡。”

郁颜佯装淡定：“啊，好。”

晏清回客房拿了睡袍，然后走进了浴室，关上了门。

就在他关上门的一刹那，郁颜迅速扑到沙发上抓起晏清的手机。

果不其然，手机是有密码的。

郁颜思忖片刻，在手机里输入了“0211”。

这是晏清家门的密码，也是她的生日。

没想到，她猜对了，手机真的解了锁。

屏幕停留在晏清的微信聊天界面。刚刚他是在和李享聊天。

【晏清】：我问你。

【晏清】：一个女孩子一直在看一个男孩子的下半身是什么情况？

李亨秒回，回得很干脆。

【李亨】：女流氓。

【李亨】：大色狼。

【李亨】：老板，男孩子一个人住一定要注意安全，记得要保护好自己，必要时要拿起法律的武器，个人建议直接报警。

郁颜一张老脸被涨得通红。

平日里这个人挺高冷的啊，怎么到了晏清这里整个就成了一个碎嘴话痨？

【李亨】：谁啊？哪个不知天高地厚的女人这么大胆，敢动我敬爱的老板？

【晏清】：郁颜。

【李亨】：……

【李亨】：老板我错了。

【李亨】：老板，男人遇到这种情况就得主动一点。

【李亨】：人家女孩子都这么主动了，咱也不能屃对不对？

【李亨】：老板加油！祝老板成功上本垒！

上你个大头鬼啊！

她就只是单纯好奇郁颜的腿而已，怎么转眼就被人当成是流氓色狼了？

郁颜把晏清的手机扔回到原处，感觉自己的耳朵都要烧起来了。

现在的她只能寄希望于晏清洗完澡的时候能穿得清凉一点了。

郁颜换了个舒服的姿势窝在沙发上，打算一边看电视一边等晏清从浴室里出来。

可她连看了两个节目，浴室的门还是纹丝不动。郁颜抬眼看了看墙上的挂钟，发现晏清已经进去快两个小时了。

郁颜的心不由得咯噔了一下。这家伙不会出了什么意外，在浴室里昏迷不醒了吧？

人的想象力是无穷的，郁颜才想了一下这个念头，脑海里就立刻浮现出晏清在浴室里的一百种死法。

郁颜再也坐不住了，她从沙发上跳了起来，走到浴室门前，用力敲了敲门：“晏清？晏清！”

晏清的声音传了出来：“怎么了？”

他的声音一如往常，完全不像是遇到意外昏迷不醒。

但郁颜还是不放心：“你洗澡洗了这么长时间都没出来，没事吧？”

“我没事。”晏清回答，“我马上出来。”

几分钟后，浴室的门被打开了。晏清顶着湿漉漉的头发走了出来：“不好意思，每次洗澡我都觉得特别放松，常常一洗就是很久——对不起，让你担心了。”

看到晏清没事，郁颜无意识地松了口气。可随即她就想起了自己的目的，立刻低头向晏清的下半身看去。

他仍然穿着昨晚穿过的那件睡袍。睡袍宽松肥大，一直盖到脚踝。郁颜只能看到棉拖鞋外脚踝处那一点点裸露出来的皮肤。

晏清走到沙发前，想要去拿茶几上的马克杯喝水。当他走动的时候，睡袍的下摆便随之晃动，藏在睡袍里的双腿若隐若现。

郁颜眯着眼正看得认真，晏清刚端起杯子就注意到了："郁颜小姐？"

"啊？"郁颜立刻辩解，"我没有看什么啊？"

可这话刚说出口她就想给自己来两巴掌——什么叫"我没有在看什么"，她这不是欲盖弥彰嘛！

"郁颜，你今天真的很奇怪。"晏清放下杯子，"你的行为举动很不正常，真的很像……"

他哽了一下，到底还是没好意思把"女流氓"三个字说出来。

"如果你有什么事，完全可以告诉我。"晏清真诚地说，"请你不要有所顾虑，我愿意为你做任何事。"

郁颜一听这话，眼睛都亮了："你真的愿意为我做任何事？"

晏清点头："当然。"

"那你把睡袍解开。"

晏清浑身一僵。

郁颜也顾不得那么多了，直接上手去解晏清腰间那根松松垮垮的腰带："来来来，我帮你。"

反正她都已经被人家当成女流氓了，要是还没看到晏清的腿，那她岂不是亏大了！

晏清没想到她会来这么一手。他下意识地伸手想要去阻拦，却被郁颜顺势推倒在了沙发上，上身被郁颜死死压住，睡袍的下摆也被郁颜一把撩了起来。

出现在郁颜眼前的是一双货真价实的腿。

没有她想象中的鳞片和异状，这就是一双人腿，细腻光滑，修长匀称。

郁颜愣了愣，从晏清的身上爬了起来。

晏清比她更傻眼。他两只手胡乱地扯着自己的衣服，像是试图抵抗强暴的少女。

郁颜起身之后，他倒不知道自己该干些什么了："这就完了？"

郁颜也是害臊得不轻。她狠狠瞪了晏清一眼："完了！不然呢？你还想继续？"

晏清认真思考了三秒，点了下头："想。"

郁颜抄起沙发上的抱枕就往他身上砸去："想你个大头鬼啊！"

她转身就要跑，晏清赶忙叫住了她："郁颜！"

"干什么？"

"要不然咱们重新来一次吧。"晏清可怜巴巴地跪在沙发上恳求道，"这次我不反抗了。"

"滚！"

郁颜红着脸跑回卧室，用力地摔上了门。

第二天一早，郁颜早早地起了床。她原本想在冰箱里拿块面包边吃边回学校，可她一出卧室的门就看到晏清已经把早餐给准备好了。

不光准备好了，还比以往的早餐都要丰盛。

正煎着鸡蛋的晏清转过身来，微笑道："你醒啦。"

郁颜有些纳闷："你今天怎么起这么早？"

“今天不是选拔预赛的日子吗？”晏清关了火，把煎鸡蛋装进了盘子，“所以今天早上一定要吃饱吃好，这样才不会在比赛里掉链子。”

郁颜一愣，她可从来没告诉过晏清今天比赛的事情。

“你怎么知道的？”

全国赛马上就要开始了，郁颜当然想参赛，可每个地区的参赛名额却是有限的，整个体校也只有一个女子游泳的名额。为公平起见，在大赛之前学校会举行一场选拔预赛，比赛的第一名将获得参赛资格，第二名则会成为替补。

“刘教练告诉我的。”晏清狡黠地眨了眨眼睛，“我送了他一个小礼物，他就什么事情都愿意告诉我了。”

这个老刘，真没骨气。

晏清把煎鸡蛋端到了桌子上，又殷勤地替郁颜把椅子拉开。

哪怕已经过了这么久，可郁颜还是不习惯晏清无微不至的关心。她硬着头皮坐了下来，晏清则坐在她对面，手捧双颊含情脉脉地看着她。

郁颜被他这肉麻的眼神吓出了一身鸡皮疙瘩。

晏清明显是不满足于只用眼神来关怀郁颜，他再次开口，甚至用上了撒娇的口吻：“这次比赛，就穿我送你的那件泳衣吧。”

之前他假借李享的手送过郁颜一件泳衣，可郁颜一次都没穿过。

“不要。”

“为什么？”晏清委屈，“你不喜欢吗？”

“不是不喜欢。”郁颜边吃边说，“你那件泳衣太贵太高调了，我可穿不出去。”

晏清送给她的是一件价格不菲的专业泳衣，从面料到款式都是顶级的。可在体校，大家的训练服都很普通，穿这件实在是太惹眼了。郁颜一直把它放在自己的背包里，却一次都没掏出来过。

晏清不依不饶，厚着脸皮继续央求："你就穿这件嘛。"

"不行。"

"你要不穿那也行。"晏清使出了撒手锏，"那游泳馆的捐赠合同我可就不签了。"

郁颜一口牛奶噎在了喉咙里，这招也太阴险了！

"好好好。"郁颜无奈之下只能答应，"我穿，我穿还不行吗？"

晏清嘿嘿地笑了，可他还不知足："那等一下我送你去学校。"

"别。"郁颜再次果断拒绝，"你想都不要想。"

晏清委屈巴巴："你就那么怕别人发现咱们的关系吗？"

郁颜眼睛一瞪："咱俩什么关系？"

晏清的表情活像是被抛弃了的小媳妇："你昨天晚上还对人家……"

"停！停停停！"郁颜的脸红到了极致，"不许再提昨天晚上！"

郁颜一口喝完了杯子里的牛奶，拽起背包就跑："我赶时间先走了，你不许跟过来！"

晏清只是微笑，没回答"是"，也没回答"不是"。

郁颜一到学校，就发现今天的学校格外热闹。好不容易有了比赛，兴奋的人可不只是游泳队的学生，还有好些家长也来了。他们一手提着毛巾，一手拎着能量饮料，还不忘关切地对着自家孩子问东问西，加油鼓劲儿。

郁颜看着眼前的景象，心里生出了许多羡慕。如果她的父亲还在世的话，也许也会像这样带着五花八门的东西陪着自己来参赛吧。

她偶尔也会觉得难过。每次比赛，别的队员都有家人替他们喊加油，而她却没有。

正在感慨的时候，郁颜却看到了三个熟悉的身影。

一个嚼着口香糖的女孩子正心不在焉地向前走，她的身后也跟了两个家长，一个手里提着大包小包的“备战物资”，另一个正关切地对她嘘寒问暖。

是郁颜的舅舅一家。

郁颜皱了皱眉头，转身躲进了更衣室。

她不想再和他们见面。

郁颜的表妹乔安安和郁颜同属体校游泳队的学员，而且乔安安的训练成绩一直不错，也是老刘的得意门生之一。这次选拔预赛，她十有八九会和乔安安交上手。

郁颜打开了自己的衣柜，脱下了身上厚实的冬装。她才拿起柜子里那件不合身的旧泳衣，却又想起晏清早上对她说的那些话。犹豫了两秒，她拉开了背包的拉链，拿出了那件崭新的泳衣。

手感绝佳的面料服帖地贴合住了皮肤，折射出了高级材质特有的光泽。哪怕这件泳衣是低调的海蓝色，可瞧见的人都能明白，这不是件便宜货。

郁颜不习惯地拉扯了半天泳衣的边角。她第一次穿这么高档的泳衣，怎么穿都觉得别扭。

她一边低头整理着泳衣，一边向前走。还没走出更衣室，她就无意中撞到了谁。

郁颜赶紧抬头道歉："不好意……"

道歉的话说到一半就被咽了回去。是乔安安。

口香糖在乔安安嘴里鼓出一个泡泡，她斜眼瞥了郁颜一眼，接着就甩了一下头发，向自己的柜子走去。

郁颜深呼一口气，继续向门口走去。可没想到，门口还站着两个她不想见到的人。

舅舅和舅妈正站在更衣室的门口等着乔安安换完泳衣出来。

看来舅舅和舅妈也没想到会碰到她，两个人都愣了愣，但舅妈很快就回过神来："哟，你这身新泳衣可真不错，不便宜吧？"

听起来似乎是夸奖的话，可说出口的语气却很刻薄。郁颜下意识地咬了一下嘴唇，强迫自己冷静下来，向他们打招呼："舅舅，舅妈。"

他们毕竟是亲人，如果可以，她也不想和舅舅一家闹得那么僵。

可是舅妈却不想给她这个和好的机会："我说怎么有的人走得这么果断，原来人家根本就看不上我们家。瞧人家现在穿得，啧啧，我们家是供不起啊——也就是当个有钱人的女朋友才能穿得这么好吧？"

舅妈上来就冷嘲热讽，郁颜瞪大了眼睛，狠狠地剜了他们一眼。

"怎么，敢做还不敢让别人说啊？"舅妈冷笑，"给你买泳衣的那个大款他人呢？怎么，人家是不是忙着陪老婆孩子没空来陪你比赛？"

郁颜的右手不自觉地捏成了拳头。

“你出去可别跟人家说我们家是你的亲戚，我们丢不起这个人！”舅妈越说越来劲儿，“换件衣服就觉得自己了不起了？小小年纪不学好，干什么不好？学人家给有家室的老男人当女朋友？你可别以为自己下半辈子就有指望了，现在打肿脸充胖子的骗子到处都是，你以为你的那个姘头是个大款，搞不好他没车没房，连个正经工作都没有，就只能买得起一件泳衣！”

郁颜忍无可忍，刚要迈步上前，肩膀却被人轻轻摁住了。

“两位就是郁颜的舅舅和舅妈吧？”晏清不知道什么时候出现在她身后，“久仰大名，今天第一次见面，幸会。”

郁颜转过头来看了看晏清，晏清却不动声色地捏了一下她的肩膀。

郁颜立马心领神会，不再说话。

“不过两位好像对我有点误解。自我介绍一下，我就是给郁颜买这件泳衣的人——我有车有房，有正式工作和固定收入，而且如您所见，年纪与郁颜相仿，并没有您想象的那么老。最重要的是，我和郁颜小姐的关系没有您想象的那么不堪。我和郁颜小姐，就只是单纯的追求和被追求的关系，而且我目前还没有成功。”

晏清微笑：“不过我有自信，总有一天我会成功的。”

舅舅和舅妈面面相觑。他们怎么都不会想到，会有这么一个仪表堂堂气质不凡的富家公子哥来追求郁颜。

“一直以来，我对郁颜小姐都很尊重。我希望，两位也能学会尊重别人。如果两位仍旧不听劝告的话，必要时我会做出应对措施。”晏清意味深长地看了他们一眼，就带着郁颜离开了，“时间也不早了，告辞。”

他说完这句略带警告意味的话后，就揽着郁颜的肩膀带她走了。

一到拐角，郁颜就立刻把晏清的手从自己的肩膀上捏了下来：“你怎么跟过来了？”

晏清笑了笑，把自己拎着东西的右手举了起来：“我来陪你比赛，帮你喊加油。”

郁颜这才注意到，晏清的手里提着一只包包，里面装着运动饮料和毛巾。

她微微一怔。

郁颜曾经幻想过很多次父亲这样提着东西来给她加油打气的场景，可没想到真正来给她加油打气的那个人却是晏清。

他就像是这个世界补偿给她的温柔。

“你……”郁颜觉得自己的鼻子都有点发酸，“你可别以为这样就能让我开心了。”

晏清察觉到她情绪的波动，只是轻轻地拍了拍她的肩膀，带她来到了候场室。

比赛开始之前，所有的参赛选手都会在这里热身候场。老刘早就在这里等着了，他撸起袖子叉着腰，露出手腕上一块金光闪闪的手表。

郁颜跟他没大没小惯了：“老刘，你这手表不错啊！”

听到有人夸他的新手表，老刘咧开大嘴乐了：“你注意到了啊？”

郁颜翻了个白眼。废话，这么冷的天你把袖子故意撸得这么高，胳膊上的汗毛都立起来了，人家想注意不到都难。

“这都得感谢晏清先生。”老刘居然露出了羞涩少女般腼腆的笑容，

“这块表是晏清送给我的。”

郁颜一愣，随即就想起晏清早上才说过他送了老刘一件“小礼物”。

怪不得老刘对晏清这么殷勤，这块一看就不便宜的手表确实值得他献殷勤。

晏清只是微笑，轻描淡写地开口：“刘教练喜欢就好。”

“行了，时间也不早了，我先去热身了。”

郁颜实在受不了老刘这个阿谀奉承的献媚劲儿，抖了抖自己身上的鸡皮疙瘩，就去热身了。

她这么一走，老刘献媚就献得更没节制了。他满脸堆笑地搓了搓手：“晏清先生，我特意在观众席给您留了个好位置，包您看得清楚。我带您现在过去认认座。”

晏清点头：“那就有劳刘教练了。”

老刘毕恭毕敬地把晏清送到了观众席，转身又回到了候场室。

这时，参赛选手已经来得差不多了，一个个都泡在游泳池里找状态。老刘站在岸上一个个点着人头数着数，确认所有人都到场了之后，他也去换了泳衣来给大家做最后的指导。

他脱下身上所有的衣服换上了泳裤，把脱下来的衣服叠好之后放进了自己的衣柜，然后又郑重其事地把那块表解了下来，小心翼翼地放在了自己脱下来的内裤里。

虽然恶心一点……但是越让人出其不意的地方就越安全。

既然换上了泳衣，自然也就没了能放钥匙的衣兜，所以平时大家都习惯不锁柜门。他可不想把自己的新表弄丢，还是小心放着才好。

很快就到了比赛时间。

郁颜一入场，就看到晏清正坐在离赛道最近的位置上，正向她招手。

郁颜还没来得及琢磨明白晏清怎么摊上了个这么好的位置，老刘就走到了她身边向她叮嘱："好好游。虽说你的成绩一直都是队里第一，可是最近乔安安进步不小，状态也不错。你可不要掉以轻心。要是因为大意失了荆州，那你到时候可没处说理去。"

"好啦，我知道了。"郁颜耸耸肩，"我会尽力的。"

随着裁判员的指令，参赛选手们都站在各自的赛道边上各就各位。郁颜发现乔安安拿到的编号正是自己旁边的那个。

乔安安斜眼扫过郁颜，便转过头去不再理会。郁颜也懒得搭理她，深吸一口气，等待裁判员的号令。

哨声响起，郁颜一跃扎入水中。比赛开始之后她就无暇再去关注其他东西。

四次折返之后，郁颜触碰到了终点。她浮出水面，摘下墨镜，听到了比赛结束的哨音。

她是第一名。

比赛结束的一瞬间，老刘就激动地冲了过来，把刚刚上岸的郁颜紧紧熊抱到了怀里。

"我就知道你能行！"老刘激动得破了音，"这下你可以去参加全国赛了！"

郁颜被他勒得喘不过气来，正手脚扑腾着想把他推开，却看到晏清也来了。

晏清仍旧是一副笑脸盈盈的模样，可笑容里却无端地出现了一丝恐怖的意味。郁颜一愣，立刻就猜出了他的想法。

难道他……在吃老刘的醋？

那就有点搞笑了。老刘都这把年纪了，而且晏清明明知道，老刘和她情同父女。晏清的这个醋吃得实在是很幼稚。

可是不知道为什么，郁颜看着他的表情，竟然有一点心虚。

晏清拽住了老刘的胳膊，把他从郁颜身上扯了下来："刘教练，你们都是用拥抱的方式来庆祝的吗？"

老刘也意识到自己是激动到有些失态了，他不好意思地笑了："孩子这么优秀，表现得那么好，要是不抱抱，那不得……花钱买礼物吗？"

早就知道老刘不是什么大方的人，可郁颜还是忍不住翻了个白眼。

郁颜一个侧身，又看到了不远处的乔安安。

乔安安只比她落后了一点点，可就是这一点点的差距，就让乔安安从正式参赛选手成了十有八九会坐冷板凳的替补。

还没等正式宣布结果，乔安安就嘴巴一噘，委屈地躲到了角落。

郁颜看到舅妈正在轻声安慰着她。看到郁颜正往这边看，舅妈没好气地瞪了她一眼。

明明是各凭本事的比赛，却搞得好像郁颜做错了什么似的。

很明显，舅妈的安慰并没有什么效果，乔安安直接两眼泪汪汪地跑了出去。也不知道舅舅这时候跑到了哪里，舅妈一个人根本拦不住乔安安。郁颜正觉得好笑，晏清就又从自己准备的包包里拿出了浴巾，替她披在了肩膀上。

“恭喜你拿到了冠军。”晏清替她整理好了浴巾，又给她拿了一瓶功能性饮料，“你是我的骄傲。”

郁颜刚张开嘴想说些什么，耳边突然传来一声叫喊：“我的手表真的不见了！”

是老刘的声音。

郁颜和晏清回过头来，就看到老刘正在和保安老李理论。

“我的手表就放在更衣室的柜子里，我记得清清楚楚！”老刘的声音激动到有些发抖，“可等我再回去，手表就没了！”

“老刘，你先别着急。”游泳馆的保安老李跟他也是老熟人了，“说实话，今天乌泱泱来了这么多人，我也闹不清是谁浑水摸鱼拿走了你的表……”

“那你说怎么办！”老刘是真急了，“你说你一个做保安的，怎么连东西都看不好！”

老李也急了：“今天进更衣室的不是学生就是学生家长，哪一个我能拦着门不让人家进？你没看好自己的东西你怨谁？”

眼看两个人就要打起来了，郁颜只好上前劝阻：“老刘你先别着急，也许东西没丢呢？你先冷静一下，等会儿我来帮你找表。”

晏清也来安慰他：“对，刘教练，一块表而已，用不着那么紧张。我那里还有别的表，你可以挑一块自己喜欢的，不会比那块旧的差。”

老刘哭丧着脸收了手，郁颜见他情绪稍微稳定了，也回到更衣室准备换衣服。

她打开柜门，开始换衣服。等到衣服都换得差不多了，她伸手拽出最后一件外套。突然，有什么东西啪的一声掉在了地上。

郁颜低头去看了一眼，发现那是一块金灿灿的手表。

就是老刘丢的那一块。

愣住的郁颜还没来得及反应过来，旁边就有人喊："这不是刘教练丢的那块表吗？"

舅妈得意扬扬地走了过来："我说郁颜，刘教练平时对你可不错啊，你怎么偷人家东西？"

郁颜百口莫辩："这表不是我偷的……"

"不是你偷的，那表怎么在你这里？"舅妈不依不饶，"你以为这年头的小偷都喜欢'精准扶贫'送温暖啊？"

舅妈突然伸手拽住郁颜的胳膊："走，拿上你偷的赃物咱们一起去找刘教练！像你这种品行不端的小偷根本没资格代表学校去参赛！"

郁颜被舅妈拉拉扯扯地拽到了老刘跟前："刘教练，您的表找到了，是这丫头偷的。"

手表失而复得，老刘欣喜若狂。他乐呵呵地接过手表，在听到后半句的时候傻了眼："郁颜偷的？不可能吧？"

"怎么不可能？"舅妈继续添油加醋，"这块手表就是在她的衣柜里翻出来的，大家都看见了！唉，说起来都是我不好，从小没教好这个孩子，养出一个小偷来……"

舅妈演技逼真，说到动情处几乎真要落下眼泪。

"不对。"老刘很笃定，他指了指晏清，"这块表是晏清先生送给我的，郁颜没理由要偷。”

晏清都能舍得为郁颜给学校捐一座游泳馆，如果郁颜真的喜欢这块手表，那她大可以直接开口向晏清要，何必要大费周折来他这里偷。

舅妈也傻了眼。她哪里会想到这块手表是晏清送给老刘的。

刚刚晏清已经向她亮明了身份，他十有八九是郁颜的男朋友。如果是这样，那么郁颜确实没有要去偷手表的理由。哪有人去偷自家人送出去的东西的？

舅妈的脸涨得通红，可她仍然死死咬住郁颜不肯改口：“有的人她偷东西不是为了钱，也不是为了东西，就是为了图刺激。惯偷长时间不偷就容易手痒痒，这再正常不过啦！刘教练，虽然说家丑不可外扬，可今天我也不怕您笑话了。郁颜这丫头，从小手脚就不干净，光是我们家里的东西她就没少偷……”

这话郁颜自己听着都想笑。她还是第一次见识到舅妈编瞎话的本事，简直就是炉火纯青，让人叹为观止。

眼看周遭人都拿看神经病的眼神来看她，舅妈索性撒起了泼：“我不管，就这么个违法乱纪的小偷，根本没资格代表学校参加全国比赛！既然你们都偏袒她，那就报警让警察来处理。表是物证，我是人证，人证物证俱在，我还不信就没有王法了！孩子她爸，报警！”

在一旁站了半天的舅舅立刻拿出手机报了警，看样子他俩是非要把事情闹大才肯罢休。

郁颜琢磨了一下舅妈刚才的那句“没资格代表学校参加全国比赛”，终于明白舅妈为什么要往她身上泼这盆脏水了。刚刚那场选拔预赛的结果已经尘埃落定了，她是第一名，拿到了代表学校去参加全国赛的资格。而乔安安是第二名，乔安安只有在她出现意外的时候才能从替补变成正式参赛选手。

既然是这样，那么真正在表上做了手脚的人是谁也就显而易见了。

很快，两位民警就到了现场："刚刚是谁报的警？"

舅舅站了出来："是我报的警。"

民警又问："你说这里刚刚发生了盗窃案？是什么情况？"

"是这丫头偷了人家的手表。"舅妈也站了出来指控郁颜，"我亲眼看到的！"

民警看了一眼郁颜："东西是你偷的？"

郁颜摇头："不是。"

"人赃并获，还说不是你偷的！"舅妈急得要跳脚，"被偷的手表是从她的衣柜里掉出来的，看见的人不只是我一个！"

她拉过一个围观的女生，那个女生也是游泳队的一员："当时你也在场吧？你是不是看见了？"

那个女生被她吓得一哆嗦："看是看见了……可我只看见表从柜子里掉出来，没看见郁颜偷表。"

舅妈更急了："都从她柜子里掉出来了还能是谁偷的？"

"这位同志，你先不要那么激动。"民警掏出小本本开始做笔录，"你是失主？"

"这倒不是。"舅妈说，"我只是一个正义感很强的热心群众。"

"不是失主你还在这里瞎激动半天。"民警皱眉，"失主呢？失主是哪位？”

老刘举了手：“失主是我。”

“这位女士说你的手表是这姑娘偷的。”民警问，“事情是这样吗？”

老刘挠了挠头：“我觉得不是。”

“就是她偷的！”舅妈还在喊，“我就是目击证人！”

“行，既然这样，那请几位跟我一起回派出所做个笔录。”民警合上本子，“请各位配合。”

“没错，把她带回派出所关起来！”舅妈激动道，“她不招就一直关到她承认为止，至少也得关她两个星期！”

郁颜简直想笑。她要真的被关上两个星期就能恰好错过全国比赛，舅妈的目的还真是十分明确。

“这位同志，按照规定，我们派出所在遇到治安违法案件时最多不能扣留嫌疑人超过二十四小时。没事的时候您可以多学学法，能长不少见识。”民警诚恳建议，“行了，几位麻烦跟我们回去一趟吧。”

就当郁颜打算跟他们走一趟的时候，晏清站了出来：“等一下。”

民警问：“你又是哪位？”

“我也是一名正义感很强的热心群众。”晏清微笑，“案发的时候，我恰好也在场。我觉得案件其实没有那么复杂。”

民警问：“你是不是掌握了什么线索？”

“这倒不是。”晏清摇头，“既然这两位一个坚持说看见她偷了东西，另一个坚持说自己没偷，那么这两个人里肯定有一个人在说谎。”

他侧了侧身，湛蓝的眼眸直视着舅妈的眼睛：“我希望，大家都能够诚实一点，把实话说出来。”

郁颜注意到舅妈的表情微妙地变化了下。她原本咬牙切齿的表情突然松弛下来，像是着了迷一般，怔怔地盯着晏清的眼睛。

“手表是我放进郁颜衣柜的。”舅妈突然开口，“我想陷害她，然后让学校取消她的全国赛参赛资格。这样我女儿就能取代她去参赛了。这个参赛资格本来就该是我女儿的，这丫头凭什么能骑在我女儿头上！”

周遭一片哗然，最震惊的人当然要数舅舅。他一个箭步冲了上来捂住舅妈的嘴：“你疯了？怎么什么话都往外说？”

“那么这位先生，”晏清又望向舅舅的眼睛，“您太太所说的是实话吗？”

郁颜察觉到舅舅在直视了晏清的眼睛之后，也突然换了一个态度：“手表是我偷的。我从男更衣室里偷出了表，然后交给了我老婆，又让我老婆混进女更衣室趁机把手表塞进郁颜的衣柜。”他面向大家，大声宣布，“手表是我从刘教练脱下来的内裤里找到的，我找了半天才找到这么个看起来还值钱点的东西。”

老刘伸出两只大手捂住了自己的老脸，他都不知道该害臊自己往内裤里藏东西被人发现了，还是该害臊自己穷得叮当响，全身上下除了一块别人送的手表就找不出第二个值钱的东西。

“既然事情的经过大体都搞清楚了，那么我再补充最后一件事。”晏清依旧笑眯眯的样子，“刚刚丢失的这块手表是我送给失主的。我于一周前在专柜购买了这块手表，实际支付金额在四万元以上。没有别的意思，就是给民警同志提供一个可以参考的涉案金额。如果我没记错，根据刑法规定，盗窃公私财物价值三万元以上，应当认定为‘数额特别巨大’——稍后，我会委托我的助理将发票的复印件送到派出所。”

老刘听后一拍脑门儿：“我的乖乖，这表这么值钱！”

“既然郁颜小姐的嫌疑被洗清了，那我就先带她走了。”晏清拉起了郁颜的手，“我们家郁颜可是要冲击全国冠军的，时间宝贵，没时间在这里干耗。”

郁颜早就看傻了眼，被晏清拉着手离开了游泳馆。

过了好几分钟，她才回过神来。她停住了脚步：“晏清。”

晏清回头：“怎么了？”

“我问你。”郁颜紧张地咽了一口口水，她看了看晏清那双湛蓝色的眼睛，“刚刚我舅舅他们怎么突然就说实话了？”

晏清想了想：“可能是因为心虚吧？毕竟那两位民警小哥长得就正义凛然，全身上下都散发着坦白从宽抗拒从严的气场。”

“不对，他们是看了你的眼睛之后才变得不对劲儿的。”郁颜的喉咙有些发紧，“你是不是对他们做了什么？比如……用眼神操控了他们的意识？”

晏清浑身上下最特别的地方就是他的那双眼睛。那双眼睛是漂亮的湛蓝色，每当他笑起来的时候，那双眼睛都能发出熠熠的光彩。

一直以来，郁颜都觉得那双眼睛就只是漂亮而已，但是到了今天，她却发现自己想错了，也许那双眼睛比她想象的要危险得多。

她想起了父亲曾经对她讲过的故事。自从父亲做了海员之后，他讲的故事都变得和大海有关。他曾经给郁颜讲过关于美人鱼的传说——

传说他们个个生得美艳动人，却又是极度危险的生物。他们的眼神和歌声都是能蛊惑人心的毒药，能够操纵人类的意识，让人类乖乖地臣服于自己。

如果晏清真的是人鱼……郁颜不敢再深想。

晏清看她紧张兮兮的样子，扑哧一声笑了：“我要是真有那么大的本事就好了。你想想，如果我真的能操控人的意识，那我早就操控你答应我的求婚了，对不对？”

郁颜仔细一琢磨，觉得晏清说得十分在理。如果他真有这个本事，也就不用天天死乞白赖地向自己求婚了。

她长舒一口气：“那是我想多了。我还真以为你有什么超能力呢。”

“即便我真的能操控人的意识。”晏清突然换上了认真的表情，“我是说，假设我真的有这种能力，我也不愿意用它来强迫你答应我的求婚。我当然希望你能答应嫁给我，但我更希望那是你发自内心的愿意。我不会用任何手段来威胁你、控制你、欺骗你，我只期盼着你能够在某一天真正发自肺腑地接纳我、爱上我、亲吻我——我希望我是一个能让你真正心动的人，而不是让你在权衡取舍分析利弊之后觉得还不错的人。”

他上前一步，轻轻抱住了郁颜：“因为我喜欢你。郁颜，我真的喜欢你。所以我愿意给你选择权，让你自由选择自己认为是最幸福的那个未来。”

晏清将头埋在郁颜的肩颈处，声音近乎哀求：“郁颜，请你选择我好吗？”

# 第五章

## 想把温柔都给你

*Ni Yibai Chaoxi Weitian*

“快点快点快点，再快再快再快！”

郁颜在老刘催命一样的催促声中使出了吃奶的力气往前游，可还是没达到老刘的标准。

在她触壁之后，老刘掐了秒表。他对着秒表上的数字皱了皱眉头，很明显，他对郁颜目前的成绩并不满意：“还是太慢。”

郁颜两只胳膊一撑，转身坐在了游泳池边上，拧开一瓶水就灌了下去：“我不行了，没力气了。”

“年轻人不许说不行。”老刘也在她旁边坐下，“你这个成绩虽说有希望冲击全国赛女子组冠军，可是全国比赛嘛，毕竟高手如云。再考虑到你心理素质一般，大赛的时候容易出现失误，所以你还是得在最后的这段时间里好好提升一下。别的不说，选拔赛的时候你就发挥失常了吧？成绩要比平时训练时差不少。”

“您啊，比我自己对比赛还上心呢。”郁颜说，“真是皇帝不急太监急。”

老刘瞪她：“你说谁是太监呢？”

郁颜干笑两声：“我说我自己，我自己。”

老刘又开始嘟囔："你们现在的年轻人真是身在福中不知福。要是真能在全国赛里表现出彩，就有机会让国家队的教练给看上。好不容易拿到的参赛机会，你还不赶紧拼了命地珍惜。"

郁颜乐了："您就这么急着撵我走啊？"

"那可是国家队！我还想把我自己撵进国家队呢。要不是当年出了那档子事，兴许现在我已经拿到国际奖项了……"

老刘说着，突然就闭了嘴。

郁颜看了看他："老刘，当年你到底是因为什么隐退的？"

"其实也没啥大事，就是让人家给坑了。"老刘叹了口气，"当年我就像你这么大，也是让学校选拔出来要去参加全国赛。比赛前几天，和我一队的好兄弟递给我一瓶饮料，我喝了，然后就在赛检里被查出了兴奋剂阳性，参赛资格也只能给了别人。之后我被禁了赛，名声也臭了……我这个人笨，除了游泳什么都不会，就只能干干卖力气的活。我在外面混了几年日子，可还是放不下游泳——没办法，我这辈子就只喜欢游泳。就算自己游不了，我还能教教学生。要是我的学生能混出头来，拿上几个国际奖项，那也算是连我的梦一起圆了。"

老刘说着，从郁颜手里抽走了那半瓶她喝剩下的矿泉水，倒进了自己喉咙里。

"郁颜，你是我教学这几十年来见过最好的苗子。所以这些年来，我对你一直很严厉。我这一辈子过得很失败，庸碌，平凡，没有出息。可你不一样，你年轻，有能力，能闯出成绩。我希望你能在全国赛里赢得冠军。"老刘对郁颜掏了心窝子，"连我当年的那份一起赢回来，要不然我一辈子都咽不下这口气。”

郁颜张了张嘴，没能说出话来。

她没想到平日里没个正行的老刘会有这样的过去。如果不是当年被人陷害，也许他的人生会和现在截然不同。

“我会努力的。”郁颜向老刘伸出小拇指，“我会拿到全国赛的冠军，连你的那一份一起赢回来，我保证。”

老刘笑了笑，也伸出了自己的小拇指，轻轻钩了上去。

“拉钩，上吊，一百年，不许变。”

等他俩念完，老刘自己都忍不住笑了：“都多大了，还玩这个，幼稚不幼稚啊。”

郁颜的表情却难得认真：“我答应你了，就一定会做到，我保证。”

她看到老刘低下了头，用手背擦了擦自己生有许多皱纹的眼角，像是哭了。

“好。”老刘点头，“等你比赛完了，我给你庆功。”

周末，郁颜照例去水族馆打工。

水族馆旁多了个新的建筑。那个建筑已经建成有一段时间了，但一直空着。也许是因为近期就要投入使用了，建筑外多了许多工人，正在对建筑内部进行最后的装修和整顿。

郁颜好奇地问李享：“那个是什么啊？”

李享回答：“那是新建的鲸鱼馆，还要过段时间才能正式开放。鲸鱼还得过段时间才能运过来。”

“鲸鱼？”郁颜问，“它一天得吃多少东西啊？”

李亨一直致力于向郁颜推销自家老板：“所以说，我们老板连鲸鱼都能养得起，养你更是绰绰有余。他是个不错的结婚对象哟，你多考虑一下。”

郁颜压根儿就没理他，眼睛只盯在鲸鱼馆上，一脸好奇：“我能去看看吗？”

最近这短短的一个月里，郁颜似乎已经克服了自己对鱼类的厌恶感。

准老板娘的请求怎么能够不答应，李亨带着郁颜进了鲸鱼馆。

因为还没有投入使用，整个鲸鱼馆黑黢黢的，显得有些阴森。李亨打开门后探头探脑地往里面看了一眼，然后又缩了回来。

“灯的开关在那边。”李亨指了指不远处，“要不然你过去开一下灯吧。”

看他那副紧张兮兮的样子，郁颜觉得有些好笑：“李经理，你害怕黑啊？”

李亨摇头：“倒不是怕黑，就是感觉里面阴气森森的……万一有鬼怎么办？”

郁颜偷笑。她没想到平日里精明能干，能帮晏清把一切事务都处理得井井有条的李亨居然还怕鬼。

她走进馆里，打开了灯。

灯一打开，馆里立刻变得灯火通明。李亨不再害怕，走了进来，又恢复成了往日那副精明强干的模样。

郁颜看到馆里建了许多大大小小的新水池。

“除了鲸鱼之外，这里还会放一些其他的海洋生物。”李享向郁颜解释。

郁颜看了看其中一个水池，脑海里突然冒出一个想法。她大概目测了一下水池的长度，然后问李享：“这个水池有多长？”

“五十米。”

郁颜一听就乐了。

五十米，刚好就是标准赛道的长度嘛！

放学时间过了之后，学校的游泳馆就会闭馆消毒。她正发愁晚上没地方练习去，结果眼前就有个现成的水池。

“李经理，我跟你商量件事好不好？”郁颜向李享撒娇，“这个水池可不可以借给我？晚上我想在这里训练——就一个多星期，绝对不耽误你的正事。”

“你还是去问老板吧。”李享笑眯眯地回答，“这种卖人情的好机会我当然要留给老板啊。”

没办法，郁颜最后还得去找晏清。

晏清听了郁颜的请求之后认真地想了想：“可以，不过我有条件。”

早就知道天下没有白吃的午餐。郁颜无奈地问：“什么条件？”

“我要陪你一起训练。”

郁颜只能答应。

到了晚上，晏清果然如约而至：“我已经交代过李享了，水池已经消好毒了，暖风也提前启用了，洗手间里还装了一间简易浴室。你可以在里面冲澡换衣服。”

“这才几个小时啊，李经理就把这些全安排好了？”郁颜有些难以置信，“他可真是能干……不对，他真是可怜……摊上你这么个‘吸血鬼’老板。”

晏清倒是理直气壮：“我给了钱的，他还要感谢我呢。”

看来有钱不仅能使鬼推磨，有钱还能使李享推磨。

郁颜换好泳衣走到水池边：“不过我可要事先说好，你不要在我训练的时候碍手碍脚。”

“我怎么会碍手碍脚呢。”晏清笑了，“我可是来帮你特训的。”

郁颜一听就傻了眼：“帮我特训？你会游泳？”

晏清向她眨眨眼：“你要不要先亲眼验证一下？”

他在洗手间换了泳衣，又走到了水池边。

这还是郁颜第一次看到晏清穿得这么少。他全身上下只穿了一条泳裤，那双修长匀称的腿，每一处的线条都那么优雅完美，简直就像是陈列在美术馆里的艺术品。

跟郁颜之前想象的瘦弱身材截然不同。

按照眼前这个情况来看，如果晏清之前真的起了什么邪念要对她做什么，她还真未必是晏清的对手。

她突然想起前几天自己还费尽心思想扒了晏清的裤子看看他的腿，脸轰地就红了。

幸亏晏清并没有察觉。

晏清向郁颜眨了眨眼睛：“要不然我们比赛看谁游得快吧。输的那个人要认对方当师父。”

“比赛游泳？我和你？”郁颜被晏清的这份盲目自信逗笑了，“不太好吧，我一个专业运动员和你一个业余爱好者比赛，有点太欺负人了吧？”

“哎？”晏清故意摆出一副无辜的表情，“你这是怕自己会输吗？”

郁颜果然中了他的激将法，走到晏清身旁，戴上游泳镜：“比就比。开玩笑，我会怕你？”

“那就游两百米。”晏清伸出两根手指，“你要是输了，就要乖乖听我的哟。那现在我数三个数，三，二，一——”

最后一声“一”刚刚落音，泳池的水面就被扑通炸出了两朵水花。郁颜原本并没打算使出全力，甚至还优哉游哉地有心思往身边偷看。可没想到她的身边只有还没消失的水波，再往前看，晏清早就超出她一大截了。

他在水中的动作就如同是一条真正的鱼，一路破浪，势不可当。

郁颜一怔，随即使出全力向前冲刺。可当她游了两个来回回到原点的时候，晏清已经坐在水池边等着她了。

晏清笑眯眯地看着她：“这次你可以认输了吧。”

郁颜看他的眼神里多了几分崇拜。

晏清比她快得不是一星半点，她输得心服口服：“你这么厉害还开什么水族馆啊？去冲击国际奖项拿金牌当冠军都够了！”

“比起世界冠军，我更想成为你的丈夫。”晏清瞬间切换到求婚模式，“郁颜，今天你愿意嫁给我吗？”

“师父可以，丈夫免谈。”郁颜已经对他的求婚攻势逐渐习惯了，“晏清教练，我想跟你学游泳。”

晏清和老刘是风格迥异的两种教练，训练方法的侧重点各有不同。老刘是科班出身，教什么都是一板一眼的，讲究的是基本功扎实。而晏清就随意得多。很明显，他的游泳姿势没有任何被训练的痕迹，所有的技巧都只来自对自己的摸索，可他的速度却让人叹为观止。

“如鱼得水”这个词就像是为他量身定做的。

不过有一点晏清和老刘倒是相通的：平日里他们都是嘻嘻哈哈的没个正经样子，可只要郁颜一下水，他们就像是换了个人似的，怎么严厉怎么来。

“划臂的时候上身再拉高一点，注意一定用肩部出水，减少阻力。”晏清的脸上难得没有笑容，“伸手的动作再快一点，注意弓背！收腿时大腿的动作不要那么大！要学着像鱼那样游泳！”

郁颜灰溜溜地挨了半天的训，不过成绩倒真是有了不小的进步。

训练到半夜，晏清严肃的表情终于有所松懈。他把秒表收进口袋，表情又恢复成了平时的温柔。

“今天就先到这里吧。”他向趴在水池边上大喘气的郁颜伸出手，想把她拉出来，“今天进步很大，你做得很好。”

郁颜借着他的手半死不活地爬上岸：“以前李经理跟我说你这个人冷酷又心狠，我还不信。今天我算是信了。”

晏清拧开一瓶功能性饮料递给郁颜：“其实……我每天下午三点钟都要准时去健身室。”

郁颜没弄明白他想说什么："哈？"

"有很多人的好身材是天生的，可我不是。我这个人既馋又懒，还是易胖体质。所以我每天都要非常节制，少吃一点，多动一点，才能勉强维持住现在这样的体形。"晏清似乎有些不好意思，"因为我觉得比起胖胖的我，你会更喜欢我现在的样子。"

郁颜还是没搞懂他想要表达什么。

"其实我浑身上下都是缺点。我自私、贪婪、善妒……人类身上的缺点，在我身上一应俱全。所以我时常会害怕，害怕你会讨厌这样的我。其实我远没有你想象中的好。"晏清一边说着，一边轻轻摘下郁颜的泳帽，用浴巾帮她擦干头发。

他的动作有些僵硬笨拙。很明显，在此之前，他没有为别的女孩子擦过头发。不知怎的，郁颜却觉得他这副小心翼翼的笨样子有些可爱。她在晏清笨手笨脚的动作下感觉到了关怀。

总有人笨拙地想把所有的温柔都给你。

"我常常会害怕你会发现我的真面目，发现我浑身的缺点，然后离我而去，所以我每天都尽力在你面前表现出完美的样子。我不知道这算不算是欺骗——可是郁颜，就像我曾经说过的那样，我的心是属于你的。即便它有时候会用小心机，使小手段，可它永远都不会起伤害你的念头。"

但凡真心实意地喜欢上一个人，就会不自觉地将自己的缺点放大，不自觉地落进卑微的尘埃，沾上一身泥土。

就如同晏清，当他站在郁颜面前时，他总会不由自主地放低自己的姿态。

这下子反倒是郁颜不好意思了。她结结巴巴地开了口：“你不用这样，其实我也没你想的那么好。其实我还纳闷呢，我就是一个普通人，家世普通，长相普通，也不聪明，唯一的优点就是四肢发达……我都不知道你为什么会喜欢这么普通的我。”

“不，你很特别。在这个世界上，再也不会有第二个女孩子能够特别到让我甘愿违背天性、忤逆本能、不顾一切地去爱了。”晏清笑了，“郁颜，对我来说，你是这个世界上最特别的人。”

晏清对郁颜的特训有效到让老刘都害怕：“郁颜，你该不会偷偷吃兴奋剂了吧？我可警告你，自毁前途的事咱可不能干啊！”

郁颜直接搡他一把：“你就这么不相信我？放心吧，我还不至于傻到那份上！”

“那就好。”老刘嘿嘿乐了，从自己口袋里拿出一沓硬卡，抽出了最上面的那张递给郁颜，“给你这个。”

郁颜接到手里，发现那是全国赛的参赛证。由塑料硬卡制成的参赛证上印着郁颜的照片和名字，上面系着一根挂绳，可以挂在脖子上。

老刘又拿起另外一张，挂在了自己的脖子上，得意扬扬地说：“这个是我的。”

郁颜看到老刘的证件上写着“教练证”三个字。

“这个是乔安安的。”老刘想了想，最后把那张证件递给了郁颜，“要不还是你给她送过去吧。”

其实老刘这是好心。自从上次那件不愉快的事情发生之后，乔安安和郁颜就再也没说过话，不过她们俩不管怎么说都是在一个队里，低头不见抬头见的，一直这么僵着也不好。

再者说，老刘也不想让郁颜多一个敌人。人心叵测，这个词老刘早就领略过了。如果能找个机会让这姐妹俩化干戈为玉帛，那再好不过。

“行。”郁颜也理解老刘的苦心，把证件接了过来，“等会儿我给她送过去。”

乔安安的证件和她的区别不大，同样是印着名字和相片，同样是写着“参赛证”三个大字。可在证件的最下面，却印着一个小小的括号，里面写着“替补”。

这两个字让乔安安照片上那个灿烂的笑脸显得很讽刺。

郁颜叹口气，发现老刘手里还有几张证件：“那个是什么？”

“这个啊，是家属陪同证。考虑到参赛选手大多是未成年的学生，组委会规定每名选手可以带两名家属进场。”老刘解释着，“你和乔安安一共拿到四张陪同证，不过乔安安的父母……唉，情况你也知道，所以这四张证没有一张能用得上的。”

乔安安的父母，也就是郁颜的舅舅和舅妈，在上次手表被窃案之后就一直没能回家。郁颜隐约在李亨那里听到了事情的后续：原本这件案子只是一件普通的公诉案件，甚至不需要原告亲自到场。晏清却大费周折地请了业界有名的律师，就舅舅和舅妈对郁颜的名誉侵害提请附带的民事诉讼，大有整不垮他们誓不罢休的架势。

除此之外，他还交代李亨去查郁颜父亲留下的遗产和这些年来发放的抚恤金的去向。一旦查到证据，他会对舅舅一家再次提起控诉。

也许晏清在别人眼里真的不像自己眼里那样温柔无害。

舅舅和舅妈被一场接一场的官司搞得焦头烂额，自然没有闲工夫去关心宝贝女儿的比赛。到头来，四张家属陪同证竟然没有一张能派上用场。

郁颜想了想，伸出了手："既然没人要，那就给我一张呗？"

老刘对郁颜的家庭情况知根知底："你哪有能带的家属啊？我可丑话说在前面，这些陪同证是不能倒卖的。"

"这你就别管了。"郁颜没来由地羞红了脸，"反正我不拿去卖钱！"

郁颜从老刘手里抢了一张陪同证就跑了。她回到更衣室，才换好衣服，就看到乔安安也进来了。

乔安安假装没看见她，在不远处换衣服。

郁颜在一边耐心地等着。

乔安安换好衣服正要走，郁颜却叫住了她："乔安安。"

乔安安转过身来看着她，眉头皱了起来。

"刘教练让我把这个给你。"郁颜把参赛证递给她。

乔安安接过证件。她低头看了看证件，又抬头看了看郁颜，脸上没有任何表情。

郁颜觉得气氛实在是太尴尬，只能没话找话："你看你这参赛证上的照片照得多好看啊，哪像我这个，还没来得及笑就让摄影师拍上了，哈哈哈……"

郁颜还没干笑完，乔安安突然冷笑一声，她把手里的参赛证举了起来："郁颜，你这是特意过来嘲笑我的吗？"

郁颜的笑容凝固在脸上：“安安，你这是什么意思？”

乔安安说：“你特意跑过来说这些，难道不是想告诉我，你才是笑到最后的那一个？”

郁颜急忙解释道：“安安，你误会了。我根本不是这个意思。”

“不承认也没关系。我本来也没打算让你承认。蛇蝎心肠，陷害别人，还要硬装菩萨心肠的就是你这种人。”乔安安打断她，恨恨地咬了咬牙，“郁颜，你等着吧，我迟早会让你笑不出来。”

# 第六章

## 月圆之夜

*Ni Yilai*
*Chaoxi Weitian*

一从学校出来，郁颜就迫不及待地来到了鲸鱼馆。

晏清早就在那里等着郁颜了。郁颜看到晏清，很兴奋地跑了过去：“晏清！”

她来到晏清面前，面含期待地扬起脸：“后天和大后天这两天你有空吗？”

晏清一愣，问：“你的意思是后天晚上要在外面过夜吗？”

“过夜”两个字不知怎么让郁颜想多了，她的脸有些发红，但还是点了点头：“对。”

没想到，晏清不好意思地笑了笑，说：“不好意思，后天晚上我刚好有事。”

郁颜傻了眼。一直以来，无论她对晏清提出什么过分的要求晏清都照单全收，没想到这次他直截了当地拒绝了。

郁颜不死心：“是很重要的事吗？”

被她这么一问，晏清明显是迟疑了：“倒也不是什么很重要的事。”

郁颜略微松了一口气：“如果不是很重要的事的话……那可以麻烦你改一下行程吗？我想请你去看我的比赛。”

她拿出了那张陪同证，递给晏清。

这是她人生中的第一场重要比赛。如果可以，她希望晏清能陪她见证这个重要的时刻。

除此之外，还有一个原因。老刘说得没错，她心理素质不强，遇事容易紧张，在比赛中很有可能会发挥失常。如果晏清能在场的话，也许她就能没那么坐立难安。

说来奇怪，现在的她每当在看到晏清的身影之后，总是会感到特别安心，仿佛有他在身边，自己就能无往不胜。

既然有现成的吉祥物，那比赛的时候为什么不带去呢。

"比赛时间是大后天早上。场所设在 B 市，车程是四个小时，所以需要后天就提前到达 B 市住上一晚。"郁颜用上了恳求的口吻，"大后天一比完赛我们就立刻返程，不会耽误你太多时间的，可以吗？"

晏清盯着那张陪同证看了半天，到底还是没有接。

"对不起。"他诚恳道歉，"我真的去不了。"

郁颜不免觉得有些失望。自从她认识晏清以来，这还是她第一次主动开口请求晏清，可晏清却拒绝了。

虽然失望，可郁颜还是愿意理解他："没关系。"

他这么做肯定有自己的理由。

话虽这么说，可一直到郁颜出发去 B 市，她仍旧眉头不展，无精打采地瘫坐在座位上。

老刘一屁股在她旁边坐下："你'家属'呢？怎么没来'陪同'你？"

郁颜哀怨地看了老刘一眼，没说话。

“看你这没出息的样子。”老刘训她，“跟被人抛弃了的怨妇似的。”

要是换作平时，郁颜非得跟他呛上几句不可，可是今天的郁颜却难得地很老实。

因为她真的有种自己被抛弃了的哀怨感。

老刘乐了，露出一副八卦的表情：“郁颜，你老实告诉我，你是不是原本想让晏清先生陪你一起去的？”

郁颜一听这话就奓毛了：“没有，不是，你可别瞎说啊。”

看她这副急于否认的样子，老刘就猜到了八九成：“早就觉得你跟晏清先生的关系不大对劲儿。我要没猜错，他是在追求你吧？”

郁颜不想搭理老刘，可老刘的八卦之心已经让她给勾起来了：“要我说啊，晏清先生这个人是真的不错，性格好，手里钱又多。要不是我家的那个是个小子，我都想让他做我女婿。”

“看你那没出息的样子。他不就送了你一块手表吗，你至于这么替他说话？”郁颜白了老刘一眼，“再说他手里有多少钱你能知道？兴许都是装出来的。”

“退一万步来讲，即便他有钱是装出来的，那他的颜值肯定不是装出来的。你看看小伙子长得多帅啊，跟我年轻的时候差不多。”老刘拍拍郁颜的肩膀，“我很开明，不反对学生谈恋爱。喜欢就要把握好机会啊，别不好意思。烧火的时候要是不给添柴火就灭了，就算是人家喜欢你，你老不给人家反应，人家迟早也得变心。”

郁颜听了没吭声。她难得没回呛老刘，只是抿着嘴，眼睛望着窗外。

车子很快就到了目的地。老刘带着郁颜和乔安安在比赛场地附近的旅馆住下，一会儿还得带她们去赛场。

“反正在旅馆里也没事干。”老刘看了看手表，“这才不到中午呢，咱们先提前去适应一下赛场。”

郁颜求之不得。

小气的学校只舍得给参赛学生和指导教练预订相对便宜的双人标准间，老刘是和另一个男教练住在一起，郁颜也理所当然地被安排和乔安安住一间房间。她俩的关系正僵持着，房间里的气氛简直就让人喘不上气来，郁颜可不想在房间里多待。

按照惯例，赛场在比赛的前一天对各位参赛选手开放。不仅是比赛选手，组委会的其他工作人员也都来了，在场地里为明天的比赛做最后的准备。

郁颜在泳池里缓缓游了几圈，老刘就向她招了手：“中午十二点了，咱们去吃饭。”

不远处的乔安安比郁颜先一步上了岸，她抽过老刘手里的浴巾径直向女更衣室走去，丝毫没有要等郁颜的打算。

郁颜也从老刘手里接过浴巾，一边擦着头发，一边向女更衣室走去。

更衣室的地板是白色的，她没留意地上留有一摊同样是白色的液体，一脚踩上去，瞬间滑倒在地。

郁颜摔了个四脚朝天。她回过头来看了看身后的痕迹，又看了看面前拿着一只塑料瓶子笑得一脸得意的乔安安，这才反应过来发生了什么。

乔安安往地上倒了和地板颜色相近的沐浴露。她是故意想让郁颜滑倒。

郁颜冷嘶一声，揉了揉自己被摔痛的屁股，慢慢站了起来。

幸亏她皮糙肉厚，还能立马爬起来。要是换成老刘那个岁数，这么一摔非得摔出什么好歹不可。

郁颜想到这里，心里的火气也上来了："乔安安，你这是什么意思？"

她现在正处于即将要比赛的关键时刻，乔安安却故意做出这种事情，明摆着是要让她出点什么意外。

"这一下摔得痛不痛？你是不是觉得很委屈、很难过、很愤怒？告诉你，前几天我爸爸妈妈被带走的时候，我比现在的你更委屈更愤怒。"乔安安把手里的沐浴露空瓶扔进了垃圾桶。

"不过就算我跟你说估计你也不明白。"乔安安冷笑，"反正你就是个没爹没妈的野种，怎么会懂爹妈被人从眼前生生带走的感受？"

"乔安安，请你向我道歉。"郁颜眼神逐渐变冷，"如果你向我道了歉，这件事就到此为止了。"

"吓。"乔安安将双臂放在胸前，眼神里满含轻蔑，"你不会真以为找了个有钱的男朋友，自己就能从灰麻雀变成金凤凰了吧？"

郁颜忍无可忍："乔安安，你这是什么意思？"

如果单纯地只有自己被羞辱，郁颜也许还能容忍。可是乔安安和舅舅舅妈一样，从来不满足于只羞辱郁颜一个，总是故意把矛头指向郁颜在乎的人。

比如她的父亲，再比如晏清。乔安安心里很清楚如何才能快速地激怒郁颜。

乔安安扬了扬嘴角：“我是什么意思？难道我表达得还不清楚吗？既然你非要问得这么明白，那我就明明白白地告诉你——郁颜，你的爸爸就是个废物，他一辈子没有出息，到死都是窝窝囊囊。你就是一个白眼狼，我们家养了你这么多年，你一点感恩的心都没有。还有那个叫晏清的，我不知道他是什么来历，但我倒是觉得你们俩挺般配，两面三刀，落井下石！”

乔安安心知肚明，郁颜并没有那么多的心机和手段，为她撑腰的肯定另有他人。很明显，那个人就是晏清。

“一对讨厌鬼。”乔安安下了定论，冷笑着向更衣室外走去。

郁颜头脑一热就拽住了她的胳膊，五根手指用力地握着。

“乔安安，”郁颜用最后的理智支撑着自己，“请你向我道歉。”

乔安安皱了皱眉头，看了看自己的胳膊，脸上净是厌恶的神色。

“那也请你放开我。”乔安安一把甩开她，“无能和阴险是会传染人的。你已经从你爸爸和晏清的身上学会了这些恶心人的手段，所以请不要再传染给我。”

郁颜终于忍无可忍，伸手扇了乔安安一巴掌。

愤怒让她加重了手上的力道，乔安安白皙的脸上留下了五道清晰的红指痕。可出乎郁颜意料的是，当乔安安重新抬起头时，她的脸上却挂着笑容：“郁颜，你完了。”

乔安安突然拔高了声调，用带着哭腔的委屈声音大喊：“打人了，参赛选手打人了！”

大声的呼喊很快引来了大批的工作人员。

一个男人走了过来，郁颜看到他的胸口挂着全国赛组委会的工作牌：“怎么回事？发生了什么事？”

“是她打了我。”乔安安哭得梨花带雨，指了指头顶的摄像头，“是她突然动手打人的，有摄像头可以证明！”

全国赛设在了 B 市市中心的游泳馆。和人员相对固定的校游泳馆不同，这里人流量大，鱼龙混杂。为了防止出现失窃案件，游泳馆在更衣室的门口安装了摄像头。

这也是乔安安故意在更衣室里挑起争端，又故意把郁颜引到更衣室外让她动手的原因。

“还没比赛，就出了这种恶性事件。”乔安安一边哭着，一边还不忘煽风点火，“在你们组委会的眼皮子底下出了这种事，你们就不怕影响不好吗？”

很明显，她是早有预谋的。乔安安早就盘算着要让郁颜失去这次宝贵的比赛机会。

郁颜不知所措地呆在了原地。

她确实是打了人。按照比赛规定，如有参赛选手做出殴打、辱骂、恶意挑衅他人的举动，将会直接被判处取消参赛资格。

老刘急匆匆地拨开人群挤到郁颜跟前。他立马满脸堆笑地搓了搓手，向组委会的工作人员求情：“各位，这两个孩子都是我的学生，俩人是一个队的，还是表姐妹，关系好着呢！这就是两个孩子瞎闹着玩，没大事，你们忙自己的去吧。”

他话音刚落，乔安安就不依不饶地嚷嚷开了：“什么闹着玩，明明是郁颜动手打我！你们组委会要是不处理，那就是有黑幕，我非要把这件事告诉媒体不可！”

体育赛事最怕的就是被扣上“黑幕”的帽子。乔安安这么一说，组委会的几个成员立马站了出来。

“这件事我们会秉公处理，绝对会给出一个合理的解释。”刚刚那个工作人员站了出来，“请三位跟我们去一趟监控室，事实到底是怎么样的，我们看一下就知道了。”

郁颜下意识地攥了一下自己的拳头，这时她才发现自己的掌心早已经被汗水濡湿了。

她明白，这次自己是凶多吉少。

老刘看出了她的紧张，把手搭在了她的肩膀上，轻轻地拍了拍。

一行人来到监控室，保安很快把录像调了出来。

屏幕上出现了几分钟之前的监控画面。乔安安假意抹着眼泪，可画面一出来，她手上的动作就明显地停滞了一下。

摄像头安装在更衣室外，乔安安原以为进了更衣室门就是监控死角，可没想到更衣室门内一米见方的空间仍然在监控范围之内。

监控器屏幕上清晰地显示出乔安安打开沐浴露瓶子往地上倒的画面。

乔安安的算盘打错了。她倒沐浴露的时候更衣室里没有人看到，原本还想抵死不承认，可是监控却把这一切都记录了下来。这么一来，她事先挑衅的罪名就被坐实了。

画面继续播放。正擦着头发没注意看路的郁颜走进了更衣室，一脚就踩上了那摊滑溜溜的沐浴露，摔了个四仰八叉。

监控是没有声音的，乔安安也已经走出了监控范围之内。可大家还是能清晰地看到郁颜在爬起来之后并没有立即动手，而是先向乔安安理论讨说法。乔安安回答了什么大家也无从得知，但从郁颜的表情变化来看，那应当是极具挑衅性的话。

乔安安向前走了两步，又重新回到了监控画面里。这时，她脸上带着轻蔑和嘲讽的笑，嘴巴还在不停地说着话。郁颜扬起胳膊，朝她脸上扇了一耳光。

整件事情的前因后果已经显而易见。

乔安安默不作声地看向别处，郁颜也局促不安地看向自己的脚尖。

组委会的几个工作人员聚在一起讨论了一阵，很快就出了结果。

“事情真相并不复杂，你们一个故意挑衅对方，另一个出手打了人，这都是事实。”为首的组委会工作人员望向了老刘，“很可惜，贵校在女子游泳项目上选派出的两位选手都犯了很低级的错误。但是规定就是规定，不会为谁开特例。按照规定，两位的参赛资格被取消。”

乔安安的脸瞬间涨得通红。她原本打的是让郁颜被取消资格、自己顶替上场的算盘。谁知道到了最后却是偷鸡不成蚀把米，把自己也搭了进去。

郁颜则是呆愣在了原地。她费了那么大的力气才拿到了参赛资格，又让晏清陪自己做了那么多天的特训，她还答应了老刘要在全国比赛里拿到冠军……这一切都顷刻间化为乌有。

她甚至不知道自己是怎么走出的监控室，脚底像是踩了棉花，轻飘飘的，腿也失了力气。她的大脑一片空白，根本不知道该如何处理眼前的情况。

老刘就站在她身后，她根本不敢回头看他的表情。

本校的两名参赛选手起了矛盾，被双双取消了比赛资格，带队教练必然有不可推卸的责任。这下他不光看不到自己的爱徒拿到冠军奖牌的场景，回到学校之后还会背上处分。

监控室外有大批来看热闹的人在门口等着，其中不乏记者。全国赛不是小事，选手之间发生肢体冲突被取消参赛资格也不是常见的事，如果能掌握到第一手资料，绝对能引起轰动。

为首的组委会成员站了出来，示意大家安静："各位，事情的前因后果我们已经查清楚了。这两位选手，一个涉及恶意挑衅，另一个涉及动用暴力，所以都被取消了参赛资格。涉事参赛队将被组委会从参赛名单上除名。但请大家放心，比赛并没有受到什么影响，明天早上比赛将照常举行。"

四周一片哗然。大家原以为这只是最简单的摩擦冲突，却没想到是被打者故意挑衅在先。再加上两个人互为替补的关系，这的确是个让人浮想联翩的事件。

郁颜低着头不敢看围观的人群，她的余光瞥见旁边一个记者抬起了摄像机对准了她和乔安安，连忙窘迫地把头压得更低。

一只手把摄像头压了下去。

"不好意思，请不要拍我的学生。"老刘再也看不下去。他站了出来，把郁颜和乔安安拉到自己身后，想帮她们挡掉所有的视线。

郁颜愣了愣，乔安安也露出了茫然的表情。

她们俩闹出这么大的动静，最倒霉的就是老刘。他明明什么都没干，却要因此背上处分。难过也好，愤怒也罢，于情于理他都该表现出情绪的波动。可他什么都没说。

被老刘碰到了金贵的仪器，那个记者不乐意了：“敢干还不敢让人拍啊？”

“我就不让你拍！”老刘眼睛一瞪，再也控制不住自己的情绪，直接吼了出来，“你们再敢拍一个试试？老子这几十年的体育不是白练的，不服站出来！”

老刘说这句话有点破罐子破摔的意味，横竖郁颜和乔安安的比赛资格都已经被取消了，他也没什么好顾虑的了，直接把胸口处的积郁喊了出来。

他又不是块木头，怎么会真的丝毫感觉不到难过和不甘。

郁颜忍不住无声地哭了起来。

老刘深呼一口气，强压下了自己的怒火：“这两个孩子都是难得一见的好苗子。尤其是这个孩子，她是我当教练的这二十多年里见过最有天赋的学生。她们真的很优秀，也很有前途。现在她们一时犯了糊涂，做了错事，我们敢作敢当，我们认罚！被取消参赛资格我们认了，背处分我们也认了。可是我希望在场的各位能高抬贵手，给两个孩子一个改过自新的机会，别把她们逼到死路里去。”

考虑到参赛选手大多数是年轻人，组委会并不会对取消参赛资格的选手进行信息披露，这也是对个人隐私的保护。可是如今是信息时代，人人手里都有手机，但凡有人拍下了郁颜和乔安安的照片传到网上就有可能产生极大的影响。

“曾在比赛期间动手打人”——这将是一个职业运动员一辈子都无法洗掉的污点。

“我不会说什么因为她们年龄小就求大家放过的鬼话。她们两个已经成年了。做错事就要承担，这个我们不会逃避。可她们真的罪不至此。一个巴掌，不值得把两个孩子的前途都搭进去。往小了说，她们有可能成为优秀的运动员。往大了说，她们未来也许能在国际比赛上得奖，为国争光！如果说，这两个孩子还没意识到错误，我会亲手纠正她们。我是她们的教练、朋友和父亲，教育好她们是我的责任和义务！但请大家不要把她们丢到网上，让她们被千千万万个人指责。那和把她们扒光了丢到人群里没什么两样。”老刘说着，对着拥挤的人群鞠了一躬，“所以我恳求大家，请不要拍照，也不要把她们的个人信息放到网上。”

围观的人群陆陆续续地放下了原本举起的手机。

就连乔安安也忍不住小声啜泣起来，郁颜更是泣不成声。

“没事，以后有的是机会。”老刘若无其事地拍了拍她俩的背，“走，咱们回家。”

既然被取消了比赛资格，那么再待在 B 市也就没什么必要了。老刘带着郁颜和乔安安回了学校，这时天色已经不早了。

“你们两个干脆来我家吃饭吧。”老刘想给她们打打气，“我让你们师娘给你们做点好吃的。”

“谢谢你，老刘。”郁颜擦了擦眼泪，“可是我想回家。”

她没说“回去”，却说了“回家”。不过只是短短的几天，她就把晏清那里当成了自己的家。

在刚才那四个小时的车程中，她脑子里想的全是晏清。人就是这么奇怪，受了委屈就情不自禁地想要找一个依靠，而晏清就是那个依靠。

离晏清的距离越近，这份感觉也就越发强烈。

郁颜现在恨不得马上就能飞回到晏清身边，她想一头扎进他的怀里，嗅着他身上熟悉的味道，把自己受的所有委屈一股脑地倾泻给他，然后再对他说，我很想你。

哪怕只是一天没见面，我也很想念你。

郁颜走在路上，抬头看了看天空。今晚的月亮是满月，一轮圆月高高挂在了天上。

她很快回到了家。

郁颜输入密码打开门锁，发觉屋里漆黑一片。

晏清好像不在家。

郁颜随即想起晏清之前对她说，今晚他有事。

郁颜叹了口气，打开了客厅的灯。

脱下外套换上拖鞋之后，郁颜就向浴室走去。今天实在是发生了太多太多的事，她早就觉得身心俱疲了，只想舒舒服服地泡个热水澡。

浴室的门是关着的，郁颜伸手拧开门把手，却发现里面并非是空无一人。

和客厅一样，浴室的灯也没有被打开。郁颜开了灯，却猛然发现浴缸里有人。晏清半躺在那个巨大的圆形浴缸里，右手举着那条镶嵌着月光石的手链，似乎在想事情想得出神。

突然出现的强光让晏清有些不适应，可他顾不上眼睛的不适，慌乱地望向门口。

郁颜也被吓了一跳。她立马想起自己前几天还因为怀疑过晏清的腿上长着鳞片，强行扒了人家的衣服，被人家当成了女流氓。现在她又直接在人家洗澡的时候冲了进来，这让她尴尬到了极点。

“我以为你不在家。”郁颜红着脸迅速把门关上，“对不起！”

她转身就要跑回自己的房间，刚要迈脚，却想起有什么不对。

虽然只有短暂的一瞬间……但她好像看到了一个很奇怪的东西。

郁颜怔了怔，到底还是转过身来，手又握上了门把手。

她深吸一口气，缓缓地打开了浴室的门。

这一次，她看得很清楚。

浴缸里的是晏清。他仍是一脸的不知所措，呆呆地看着郁颜。

再往下看去，他原本应该是腿的地方却变成了一条鱼尾，比人腿更长、更结实，覆盖着鳞片。

和十二年前一样，她看到了一条人鱼。

郁颜一直到第二天才接受了这个现实。

昨晚，她再次打开浴室门后直接愣在原地足有一分钟，然后尖叫着跑回了自己的房间，把门死死地关上。

好端端的大活人突然长出了鱼尾巴，说不怕那是假的。可是相比较于“害怕”，郁颜的心里更多的是“震惊”。

晏清真的是人鱼——虽然郁颜以前不是没有过这样的怀疑，可是等真相真的摆在她眼前时，她却无论如何都无法说服自己接受眼前的情景。

郁颜夺门而出，晏清却没有追上来。这也难怪，现在他是鱼，是离开水就寸步难行的鱼。哪怕郁颜就在他隔壁的房间，他也没办法从水池里跑出来追她。

很多事情的原因突然变得清晰起来。为什么他的瞳孔是蓝色的，为什么他那么害怕猫，为什么他那么喜欢泡澡，为什么他能在黑暗中不开灯就能看清一切，为什么他只吃海草，为什么他能够用眼神操控人的心智……这一切的一切，突然都有了一个完美的解释。

因为他原本就不是人，而是一条人鱼。

原来自己早在十二年前就和他相遇过。原来他的爱并不是突如其来，而是蓄谋已久。

郁颜躺在床上静静地想着。

说来也奇怪，原本她是那么害怕，可是当她回忆起和晏清一起生活的点点滴滴之后，内心的恐惧却消失了。

他曾经对自己说过：“哪怕这违背我的天性，忤逆我的本能，但我仍旧爱你。”

她原本以为这只是一句煽情的客套话，毕竟晏清自打见到自己起就一直在对自己说各种各样的花言巧语。可现在她才后知后觉，这句话到底有着怎样的含义。

虽然这样想难免有自恋的嫌疑——如果晏清真的是为了自己才变成

了人类，那么他就真的践行了自己所说的话。他违背了自己的天性，忤逆了自己的本能，舍弃了自己赖以生存的海洋，来到了对他来说一片陌生的陆地。

自己对他而言，就真的那么重要吗？

可是他为什么不早点告诉自己呢？他费尽心机地想掩藏自己的身份，如果不是她意外提前回家恰好撞见，也许现在还被蒙在鼓里。

不知道为什么，郁颜又觉得有些来气。

郁颜正坐在床上抱着枕头想得出神，房门被轻轻打开了。

晏清可怜兮兮地探进来半个脑袋：“我可以进来吗？”

郁颜还在气头上。她看了晏清一眼，又把头扭了回去，假装什么都没看见。

晏清向来习惯于用最厚的脸皮去对付郁颜。见郁颜没有直接回绝，他就抓住时机走了进来。

现在已经是白天了，晏清那条鱼尾也不知怎么变回了人腿。他走到床边，直接双膝跪了下来，腰背挺得笔直，还摆出一副忏悔的神情：“我错了。”

郁颜板着脸质问他：“你以为自己能瞒得滴水不漏、骗我一辈子吗？”

晏清活像是只被训了的小狗，大气都不敢喘，只是轻轻点了一下头：“嗯。”

郁颜觉得好气又好笑：“你跑到我这里来道歉是觉得我能被你哄好吗？”

晏清又点了下头："嗯。"

郁颜被他气笑了："在你心目中我就那么好哄？"

看见郁颜露出了笑容，晏清也猜出了她十有八九是气笑了，于是厚脸皮地站了起来："那当然，郁颜是这个世界上最温柔、最善良、最可爱的女孩子。"

"你少贫嘴！"郁颜已经对他的马屁免疫了，"我先说好，今天你要不如实交代，我可是真的会生气的！"

晏清立马把背挺得更直："保证如实回答！"

郁颜扔了枕头，坐到床边："那我开始问了啊。第一个问题——"

"我是人鱼。"还没等郁颜说完，晏清就抢了答，"就是你十二年前在海边救下的那一条。"

他忙不迭地从自己的上衣口袋里掏出那条月光石手链。

"当年我好不容易找到这条手链，可是当我回到岸边的时候，你已经走了。"他轻轻拉过郁颜的手，将那条手链戴到她手上，"现在，这条手链和我的心，一并物归原主。"

郁颜看了看自己腕上的手链，有一瞬间的失神。

"第二个问题。"郁颜很快回过神来，"你为什么不早点告诉我你的身份？"

"因为我害怕。"晏清看着她的眼睛，"我和你们人类不一样，我怕你会害怕我异于常人的地方。而且，重逢后，我们第一次见面时你就曾经告诉过我，你很讨厌鱼。我怕你会讨厌身为鱼的我。"

十二年前，郁颜因为说自己见过人鱼而被大家误会成了骗子，她才从此讨厌鱼类。十二年后，她却又因为晏清的出现，抹除了自己对鱼类的厌恶。

一切的因缘巧合，都是源自他。

“第三个问题。”郁颜又问，“你是怎么把鱼尾巴变成双腿的？”

“我找到了海底女巫，请求她帮我得到一双人类的双腿。”晏清解释，“她拥有神奇的魔力，能帮助别人实现自己的愿望。”

当然，海底女巫向来贪婪成性，她的帮助可不是免费的。但是晏清没有向郁颜提起这件事。

可郁颜立马联想到了童话故事里的邪恶巫婆，一下子变得紧张起来：“那她有没有向你收取什么代价？比如要付出声音什么的……”

晏清看她这副着急的样子觉得有趣：“你是在关心我吗？”

郁颜瞪他：“这么严肃的事你还有心思开玩笑！”

谁知道海底女巫有没有收什么代价，虽然晏清目前看着四肢健全，可万一他少了个肾或者半个肝什么的，等到晏清老了身体出状况了自己岂不是要一直伺候着？

“不用担心我。”晏清轻描淡写地回答，“我不会让她从我这里拿走什么代价。”

他没有说“没有代价”，而是说“我不会让她从我这里拿走什么代价”。但郁颜并没有察觉到其中的细微差别，她松了口气：“那就好……那你昨天为什么又变回了人鱼？”

“海底女巫的力量来自月亮。到了月圆之夜，女巫的力量就会暂时消失，我也会变回人鱼。这也是人鱼一族信仰月亮的原因——月亮真的蕴含着不可思议的力量。”晏清老实回答，“但这是暂时的。三个月之后，我将彻底变成人类，永远地和你在一起。”

“第四个问题。”眼看晏清又要开启表白模式，郁颜连忙打断了他，“你为什么要去找海底女巫？”

晏清看着她的眼睛，笑了。

“因为你，因为我必须要找到你。”晏清温柔地开了口，“郁颜，我来找你，不只是因为要找你报恩，更是为了要得到你和你的爱——郁颜，就像童话故事里所说的那样，早在十二年前，你救我的那一刻，我就爱上了你。”

郁颜被他说得脸色微红。

“最后一个问题。”她犹豫了两秒，最终还是把自己想问的问了出来，“你到底有多喜欢我？”

这也是郁颜最在乎的问题。哪怕问出这个问题需要很大的勇气，可她实在是太想知道这个问题的答案了。

晏清认真地想了想：“比昨天多一点，比明天少一点。我不知道我有多喜欢你，因为它的分量实在是太重太重了。但我可以确定的是，每一天，我都会变得比以前更加爱你。你在我心目中，比月亮还要神圣美丽——郁颜，你是我的信仰。”

郁颜哪里招架得住这样的情话，脸颊瞬间就涨红得像是煮熟的虾子。

晏清仍旧满眼含笑地望着她：“那么郁颜，哪怕只有一点点，你喜欢我吗？”

看到晏清摆出那么一副期待的神情，郁颜实在不忍心撒谎说自己对他一点感觉都没有：“就……有那么一点点吧。”

晏清的笑意却更深了：“郁颜，你知道吗？有时候‘有一点’和‘有很多’是一个意思。当你意识到自己‘有一点’喜欢我了，其实就是‘很’喜欢我了。”

郁颜立刻否认：“我不是，我没有，你别瞎说啊。”

晏清走到她面前，距她只有咫尺。

“你骗不了我的。”他轻声开口，“因为我也经历过这样的事情。十二年前，我原以为自己只是‘有一点’喜欢你。可是十二年过去了，这份只有‘一点点’的喜欢却没有消失。它日益膨胀，最终驱使着我为你放弃了整片海洋。”

晏清轻轻地拉起了郁颜那只戴着月光石手链的手：“郁颜，你知道对于一条鱼来说，世界上最愚蠢的事情是什么吗？”

郁颜害臊到几乎说不出话来。她结结巴巴地问：“是什么？”

“对于一条鱼来说，世界上最愚蠢的事情莫过于‘愿者上钩’。”

晏清虔诚地亲吻着郁颜的手背。

“世界上真的会发生‘愿者上钩’这种事吗？是的，看似天方夜谭，可它真的会发生——正如我遇到了你。”

# 第七章

## 鱼钩小姐

*Ni Yilai*
*Chaoxi Weitian*

一个月前，海底。

穿着一袭蓝裙的海底女巫朝夕正在津津有味地看着自己的水晶球，脸上流露出了八卦的表情。

虽然海底女巫和人鱼同样生活在海底，但是和人鱼不同，朝夕拥有着跟人类相同的双腿。

或者说，她拥有着可以随意变换自己外貌的神奇力量。

一颗水晶球正在她的掌心熠熠发光。

“你是美人鱼吗？”

“真的是美人鱼呀。我可以摸摸你的尾巴吗？”

“我的手链不见了，那是我爸爸留给我唯一的东西！”

…………

水晶球里出现的，正是郁颜和晏清第一次见面的场景。

画面不断更迭，很快就到了郁颜没能亲眼看到的后来。

郁颜走后，四周寂静下来，海面上只剩下海浪在轻轻摇晃。

许久之后，海面忽然波动了几下，随即一个身影浮了出来：“我找到了！”

小人鱼兴高采烈地高举着一条手链，上面镶着一颗圆形的月光石，正是小女孩丢失的那一条。

他仰着脸期待着小女孩的夸奖，可小女孩已经不在岸边了。

小人鱼紧紧攥着手里的手链，孤独地留在夜风中。

画面定格在了这里。

朝夕饶有兴趣地看着自己那颗已经暗淡下来的水晶球。影像消失之后，水晶球映照出了她的蓝衣蓝裙。

“晏清，这就是你来求我的原因？”

晏清人鱼点了点头，他的手里仍然攥着那条月光石手链。

那件事已经过去整整十二年了，可是自己却仍然无法忘怀。

“请您帮助我。”他诚恳地请求。

朝夕掩嘴偷笑。

人鱼一族向来痴情且忠贞，一旦他们认定了某个人，就会固执地爱上一辈子。

明明听起来是很古板的一个物种，可他们偏偏有着擅长花言巧语的种族天赋。每一条男性人鱼在成年之后都会变得能言会道、舌灿莲花，极其擅长哄女孩子高兴。这种如同花花公子一般的行径常常会让旁人误以为他们花心轻佻。

真是有意思的种族。

“你也知道，海底女巫向来都很贪婪，而且嗜赌成性。”朝夕懒洋洋地伸了个懒腰，“如果你想从我这里拿到什么，就必须拿你重要的东西作为赌注。”

晏清点头：“我知道。”

“你说你想拥有人类的双腿，和她永远地在一起，这可不是件简单的事。让我想想，要和你打什么赌才好呢？”

朝夕似乎想到了什么好主意，随即笑逐颜开。

“那就打赌她会不会爱上你吧。我会借给你一双人类的双腿，让你去到岸上。如果在一百天之内，她答应了你的求婚，愿意成为你的新娘，那么就算是我输了，这双腿将永远地属于你。反之，如果在一百天之内，她没有答应你的求婚——那就是你输掉了赌局，你的灵魂将为我所有。你就会变成泡沫，永远消失哟。”

听到这里，晏清愣了一下。可他随即就坚定地点了点头：“我愿意。”

他知道想要在一百天内赢得这次赌局很难，可这是他能和她在一起的唯一机会，他愿意冒险试一试。

“看来你的赌瘾也不比我的小多少啊，连这样明摆着会输的赌局都敢踏进来。”朝夕笑眯眯地望着晏清，“给你最后一次机会，现在后悔还来得及。”

晏清比她想象的更固执：“我不会因为为她做了什么而后悔。”

“不愧是最擅长花言巧语的人鱼族，果然懂得怎么讨女孩子欢心。照这个样子来看，搞不好这次你能够赢过我。”朝夕赞许地拍了拍手，“那么，赌局成立。”

她的话一落音，晏清的鱼尾就发出了光亮。一股剧痛突然席卷了他的下半身，他感觉自己的鱼尾从正中间被撕裂成了两半。

“既然赌局已经成立，那我要提醒你三件事情。第一件事，你不能主动向她提起我们之间的赌局，更不能告诉她我们之间的赌约。我不希望她因为怜悯你，或者为了救你的性命而违背自己的意愿答应嫁给你。如果你违反了此项约定，那么这场赌局就是你输了。”

晏清忍着痛苦点了点头。

“第二件事，你现在的这双腿是我暂借给你的。每当月圆之夜，你的双腿将会重新变成鱼尾。每隔一个月，你就要再经受一遍现在所遭受的痛苦，身体也会变得虚弱。所以我奉劝你要记好时间，不要在月圆之夜随便外出。”

晏清咬牙看着自己的鱼尾，一双人类的双腿已经初见雏形。

朝夕仍旧笑颜如花，晏清却是满头冷汗。他的鱼尾大半部分都已经变成了人类的双腿，只剩下最末端还是尾鳍的模样。

一阵白光闪过，颤抖着的尾鳍猛然变成了人类的双脚，晏清疼得近乎昏厥。

痛感突突地敲打着耳朵里的鼓膜，晏清感觉周围的声音都变得模糊起来。

他只能隐约听见海底女巫的声音：“第三件事，看在你这么执着的份上，我就好心地送给你一点免费的小赠品好了。我可以告诉你她的所在地和名字，她的名字叫作——”

“郁颜！”

李享追上了刚刚收拾好背包正打算回家的郁颜。

时间已经不早了，水族馆也闭了馆。偌大一个场馆只剩下门口的几盏灯还亮着，工作人员也都陆续回了家。

郁颜听到有人在喊自己的名字，回了头："李经理，什么事？"

"是这样的。快到暑假了，我想和你重新确认一下兼职的时间。"李享打开了手里的平板电脑开始做笔记，"你可以选择和以前一样一周做两天兼职，也可以和其他员工一样每周做五歇二。另外，过几天水族馆还会和一家巧克力厂家做联合活动。如果你有兴趣参加的话可以报名——奖金翻倍，但需要加班排练哟。"

在有钱赚的情况下，郁颜一向积极："活动当然要参加！我选做五歇二，做七歇零也不是不能考虑。"反正工资是日结，多从晏清那里赚点钱有什么不好。

李享一边做着笔记一边无奈地摇了摇头："好不容易有时间，我倒是希望你能多抽出点时间来陪陪老板。"

提起晏清，郁颜的脸无意识地红了。

晏清是个怎样的人呢？他有颜有钱身材好，温柔浪漫又体贴，情话从来不离口。虽然偶尔会在别人面前展露出一些小心机和坏心眼，但在自己面前却永远都是一副宠溺的样子。

这样的男人可以算得上是完美的恋爱对象了。如果说郁颜在一开始对他表现出了莫大的抗拒，那完全是因为他的举动实在是太过于诡异——被素不相识的人疯狂求婚，换作是谁都会觉得奇怪蹊跷。

可是现在她已经知道了事情的真相。她和晏清并不是素不相识，早在十二年前，他们就已经相遇相知。

而现在，她愿意和晏清相恋。

郁颜刚张开嘴想要说些什么，水族馆门口就出现了响动。一个穿着一袭蓝裙的女人对着已经上了锁的大门又推又敲，最后干脆抬脚踹了一脚。

她从头到脚都穿着蓝色：蓝色圆帽、蓝色大衣、蓝色的靴子，就连手套和眼镜框都是蓝色的。

这样的打扮实在是很惹眼。李亨忍不住多看了她几眼。

用钢化玻璃制成的大门猛地震了一震。李亨回头看了一眼："你在这里稍等一下，我去开门。"

他以前也不是没遇到过这种情况。经常会有游客在白天游览时丢了东西，大晚上又跑到馆里着急寻找。作为水族馆的经理，他有义务为游客处理这样的突发事件。

李亨从屋内打开了大门："您好，这位女士，请问您有什么事需要我帮助吗？"

那个女人毫不客气："我是来找人的。"

大半夜的来已经闭了馆的水族馆找人，这未免有些太奇怪。李亨虽然觉得蹊跷，但还是保持着微笑："您要找谁？"

"就那个谁。"她皱起眉头来想了想，"那个谁叫什么来着？就是那个鱼钩小姐。"

李亨一愣，不知道这个女人到底在胡说八道什么："哈？"

"就是把我们的小美男鱼迷得神魂颠倒，让人家自愿上钩的那一位，叫她‘鱼钩小姐’一点都没错。她叫什么来着？”那个古怪的女人皱着眉头想了想，最后一拍脑门儿，“对，郁颜。”

她眼睛一抬，很快就发现了站在不远处的郁颜：“嘿，人不就在这儿嘛！说你呢，过来！”

郁颜看见对方向自己招手，不敢确定地指了指自己：“我？”

“对，就是你。”女人笑眯眯地径直走了过去，向郁颜伸出了手，“介绍一下，我是朝夕，海底女巫，就是帮晏清换了双腿的那个。”

郁颜一下子呆愣在原地。她不知道朝夕为什么会突然出现在她的眼前，更捉摸不透朝夕的来意。

她没来由地有些紧张。

比郁颜更茫然的是李享，他张着的嘴久久没能合上：“什么海底女巫？什么美男鱼？什么换腿？”

“看来晏清还没告诉你啊。”朝夕脸上摆出一副看热闹不嫌事大的表情，“他没有告诉你，他不是人类，而是生活在海底的人鱼吗？”

李享的第一反应是不相信，可是他看到郁颜一副惊慌的表情——那是秘密被戳破后才会露出的表情。

“开……开玩笑的吧？”他慌了神，“你是说老板他是条鱼精？”

李享向郁颜投去求助的眼神，巴望她告诉自己这不是真的。可是郁颜只是心虚地向他笑了笑，这更加印证了他心里那个不祥的预感。

朝夕似乎特别喜欢看人惊慌失措的样子：“你自己回忆一下，你亲爱的老板身上是不是有很多异于常人的地方？”

郁颜不知道李享想起了什么，脸色变得越来越难看。

“不可能！”李享的脸都青了，“世界上怎么真的会有那种神神道道的东西？”

朝夕像是发现了什么。她绕着李享走了一圈，仔细打量了他一番，脸上露出坏笑：“啊，我知道了，你害怕超出自己认知范围外的东西。没想到你这么大的男人还会害怕妖怪啊。”

她突然把自己的左胳膊肘搭在李享的肩膀上，嘴附在李享的耳边，小声吐气：“如果你把一切超出自己认知以外的东西都称作是妖魔鬼怪的话——其实我也不是人类哟。我呢，是海底女巫，也就是你所认为的‘妖怪’。”

朝夕微笑着伸出自己的右手手指，点在了李享的胸口上。李享早已被吓得全身僵直，动弹不得。

“你这张脸长得倒还不错，只可惜穿衣服的品位不怎么样，全身上下不是黑的就是白的，看着真丧气。”她有意吓唬李享，故意用手指缓慢地在他胸口上来回滑动，“我帮你换个颜色好了——粉红色怎么样？粉红色比较可爱。”

李享平时喜欢把自己收拾得一丝不苟，头上连一根翘起来的乱发都没有，衣服也是雷打不动的全黑西装，整个人看起来精神又干练。可是朝夕的手指在他的西装上划过之后，原本纯黑的布料竟然变成了粉红色。

那个粉红色的圆点越扩越大，缓缓晕染开来。李享眼见着自己的黑色西装和白衬衫都变成了粉色。

古板的款式，高大的身材，干练的打扮，再配上俏皮的粉色，眼前的场面简直可以用“滑稽”这个词来形容。

他慌乱地翻看着自己的衣服，发现连里衬都变成了粉色。

这已经不是普通人类能够做到的事情了。

李享紧张地看向了朝夕：“你是……魔术师吗？”

朝夕向他眨巴眨巴眼睛，一脸的意犹未尽。她微微弯下腰，眼睛看向了李享的下半身。

“我发现你这个人还真是无趣，连内裤都是纯白色的。”

李享下意识地低头看了一眼自己的裤子。他原以为自己裤子的拉链忘记拉了，可是拉链严丝合缝的，并没有露出什么。

他下意识地吞咽了一口口水，更紧张了。

因为他今天确实穿着一条纯白的内裤。这个叫朝夕的古怪女人似乎还有着透视的超能力。

朝夕抬起手来，打了个响指。

“我替你换了个花色。”她仍旧笑眯眯的样子，“豹纹的，希望你喜欢。”

哪怕明明什么感觉都没有，可李享还是觉得自己腿软了：“你开什么玩笑！这位女士，请你不要装神弄鬼吓唬人了好吗！”

哪怕已经见证了朝夕的超能力，他还是不敢相信世界上真的会存在超出他认知范围的物种。

眼前这个女人拥有这样可怕的能力，和童话故事里的老巫婆有什么区别！

朝夕无辜地眨了眨眼睛：“我没有开玩笑啊，我真的是海底女巫。如果你不信，可以自己拉开拉链看一看，看看自己的内裤到底是纯白的还是豹纹的。”

说完之后，朝夕就大大方方地背过了身。

一直目瞪口呆看着的郁颜反应过来，也转过身去。

李享心惊胆战地再次向下看了一眼，到底还是转了身，背对着两位女士偷偷拉开了自己的拉链，看了一眼。

短短一瞬后，他就把拉链猛地拉了回去，脸色惨白。

如果说之前他还能宽慰自己外套变色只是手法高明的魔术，可手法再高明，单凭可以用科学解释的魔术也无法在瞬间把一个人的内裤换掉。

他开始意识到自己眼前的这个女人可能真的是“老巫婆”。

郁颜看到身边的朝夕一直在发着抖，强忍着笑意。

“这下你总相信我不是人类了吧？”朝夕背对着李享高喊，“告诉你哟，你们老板比我更可怕——他光凭眼神就可以控制人类的心智。”

这时，楼梯口出现了响动。

听到声响的晏清从楼上跑了下来：“朝夕！”

李享哆哆嗦嗦地转过头来，脸上的表情非常难看。

晏清看了看正在偷笑的朝夕，还有一脸错愕的郁颜外加恐惧非常的李享，很快就猜到发生了什么。他叹了口气，向前走去：“李享，你不要害怕，先听我解释。”

李享下意识地往后退了一步，然后尖叫一声，直接转身跑了。

朝夕在他身后笑得前仰后合。

晏清又跑到郁颜面前，紧张兮兮地抓住她的肩膀，指了指朝夕：“你没有跟她打什么奇怪的赌吧？”

海底女巫喜欢用各种花言巧语哄骗别人和她们打赌，而且赌注往往代价高昂，朝夕突然出现在郁颜面前，让晏清瞬间提心吊胆起来。郁颜被他这副急切的样子吓了一跳：“没有啊？什么打赌？”

晏清这才放下心来，轻轻地把郁颜护在了身后。

“朝夕。”晏清无奈地看着朝夕，“你别欺负李享了，别看他个头那么高，可他胆子其实很小的，尤其怕鬼和妖怪。”

“我没欺负他啊。”朝夕无辜地眨眨眼睛，“他是看到你才被吓跑的，所以应该怨你。”

海底女巫就是这样，天生喜欢恶作剧，而且鬼点子极多，怨不得童话往往会把她们描述成邪恶恐怖的存在。

晏清叹气：“你还真是一如既往……”

“我还真是一如既往的坏心眼对不对？”朝夕又微笑起来，“如果海底女巫不坏心眼，那就不能被称作海底女巫了。这次我特意来岸上找你，一来呢，我是想见识见识我们鱼钩小姐的风采，一睹真容，看看到底是什么样的角色才让我们的美男鱼这么神魂颠倒茶饭不思。”

她含笑的眼睛扫过郁颜的脸庞，然后举起了自己戴着蓝色手套的右手，竖起食指放在了自己的唇前。

“二来呢，我是来捣乱的。晏清，你的确是很有本事。老实说，我没想到你能在这么短的时间里取得这么大的进展——但我不会让你这么轻松就赢了赌局。”

寒假来了。

放假之前，学校特意举行了一个庆典。名义上是捐赠仪式，实际上则是校长为了拍晏清的马屁才搞出了这么个东西。全校的师生都被叫到了体育馆，被迫聆听校长声情并茂地宣读长达十几页的对晏清先生无私捐赠游泳馆的长篇赞歌。

郁颜正无聊得打哈欠，嘴张得正大的时候，她看见台上距离校长不远处的晏清正对着自己微笑。

她立马用手捂住了嘴，头扭向别处，脸色微微泛红。

当女孩子开始喜欢上一个人时，她在喜欢的人面前就开始变得小心谨慎。谁想让喜欢的人看到自己不拘小节、邋里邋遢的样子呢？

郁颜正为晏清看到了自己打哈欠时的丑态而感到窘迫，可晏清的神情还是那样迷恋。

她险些忘了，在这段爱情里晏清比自己还要傻得多。

校长终于结束了他的长篇大论。旁边立即有人递上了捐赠合同，校长把夹在文件夹里的合同毕恭毕敬地递给了晏清。

晏清接过合同，又接过校长递过来的签字笔，挥手在纸张上签好了自己的名字。

郁颜听到台下的人群开始小声讨论起来。捐赠一座游泳馆并不是一个小数目，这说明台上的这个人极其有钱。可偏偏他又那么年轻帅气，和大家印象中的那些满头银发的慈善家形象大相径庭。晏清的身份就成了大家八卦的话题。

校长的脸上乐开了花。他接过合同来仔细看了看，还是意犹未尽，拉着晏清就把他拽到了发言席上："下面请晏清先生给大家讲两句。"

晏清推辞了两句，校长仍旧不肯放过他："晏清先生年轻有为，不仅事业有成，而且还有一颗善良的心。我希望晏清先生能教教我的学生，教教他们如何取得成功，也告诉他们您是怎么一直保持着一颗回馈社会的爱心的。"

没办法，晏清只好走上发言席。

"各位同学好。"

干净悦耳的声音响起，原本有些嘈杂的会场变得安静了下来。

"刚刚校长说，希望我能告诉各位我是如何一直保持着要回馈社会的心。很抱歉，这个问题我无法回答。说来惭愧，我这个人的思想境界并没有那么高，因为我决定要捐赠游泳馆，并不是因为什么社会责任感，也不是因为什么爱心，而是为了一个人。台下的各位，你们之中，有我喜欢的人。"

这句话让会场炸开了锅。郁颜的脸一下子涨得通红，她看到晏清的视线望向了人群之中的自己。

"我有多喜欢你呢？为了你，我愿意说遍这世上所有的情话，做遍这世上所有的蠢事。有人说我傻，我承认，可我傻得心甘情愿，因为你值得——喜欢上你之后，我不是没有怀疑过自己。我原本以为自己是见识短浅，可当我见识过人山人海、世间百态之后，我发觉你仍旧那么特别。你只是站在那里，我就再也看不到别人了。树叶会落，月亮会落，青春也会落，但你的美丽永不会落幕。我希望我能有这样的荣幸，能够一直陪伴在你身边，见证你年老时的美丽。"

郁颜简直想捂住脸直接找个地缝钻进去。校长明明是让他来做励志演讲的，可他愣是弄成了表白现场。

根据自己丰富的被求婚经验，接下来晏清十有八九要趁机求婚。

果不其然，晏清恬不知耻地在全校几千人面前向她求婚：“我将永远怀着最初喜欢你的心情。所以，请嫁给我好吗，游泳队的郁颜同学？”

郁颜一把捂住了自己的脸，想也不用想，自己现在肯定成了在场几千人瞩目的焦点。

可她没想到，晏清没感动到自己，却把老刘给感动坏了。老刘哭得一把鼻涕一把泪：“快嫁给他！”

男人的少女心发作起来简直就是要命。

“我不嫁。”

“这个男人为了你都能说出这么浪漫的话，”老刘死死地拽着郁颜的胳膊，“快嫁给他！”

那是因为你没听过比这更肉麻的话。

“我不嫁！”

晏清的第五十五次求婚正式宣告失败。

郁颜不是不喜欢晏清。她愿意和晏清约会，谈恋爱。可是结婚是一生中很重要的事，她还没有正式考虑清楚。

她不确定是不是真的能将这份热切的爱保持一生，也不确定自己到底能不能坚持喜欢晏清一世。

一辈子太长，她需要充足的时间来考虑清楚再做决定。

老刘再三叮嘱了游泳队的各位“要坚持锻炼”“过年别吃太多会长肉”

之后，寒假也就正式开始了。

临走之前，老刘还拉住了郁颜："我报名了一场新比赛，就在寒假结束之后。就算是放假你也要保持好状态啊。虽然这场比赛只是一场友谊赛，规格不大，但也是个难得的机会。"

全国赛之后，老刘就一直替她留意着参赛机会，想让她借此重拾信心。郁颜知道老刘这是为自己着想，嘿嘿地笑了："我知道了，我会努力的。"

在没有集中训练的日子里，郁颜想在水族馆多泡几天——毕竟演出训练也是一种很好的保持状态的方式，她不想因为放假就让自己有所松懈。

她正在后台做着热身动作，旁边就有同事喊了起来："李经理，你来啦，我都三天没见到你了。"

郁颜回头，来人果然是李享。他的眼圈有些乌黑发青，像是好几天都没能睡好觉。可他仍旧如往日般干练，摆出一副亲切的笑容："抱歉，让大家担心了。"

自从三天前朝夕出现过之后，李享就再也没来过水族馆。

郁颜赶忙迎了上去："你没事吧？"

"我没事。"李享挤出笑容，"不管怎么说，人都要上班嘛。等一下我还要去老板那里报到。毕竟我无缘无故旷工三天，应该向他好好解释一下。"

"那我陪你去吧。"郁颜好心地建议，"有人陪着，你还不至于那么害怕。"

李享反问："我看起来很害怕吗？"

郁颜指了指他的双腿："你的腿在抖。"

好吧，他的确还在害怕。

就像是鱼天生会怕猫，他也天生就害怕妖怪，这是没办法的事。

郁颜披好了外套，和李享一起向晏清的办公室走去。

沿途路过小型鲨区时，饲养员正在向盛放小柠檬鲨的鱼缸里投放肉块。柠檬鲨对血水的味道很敏感，牙齿一撕，肉块就被它吞咽进了肚子里。

原本是看习惯了的场景，可郁颜却看到李享心惊胆战地哆嗦了一下，一看就知道是联想到了什么奇怪的情形。她不由得觉得好笑："你该不会以为晏清要吃了你吧？"

"不排除这个可能。"李享一本正经地回答，"他是鱼精，鱼精是妖怪的一种，有吃人的可能。"

"鱼精和美人鱼是两回事啦！"

"我觉得没有什么区别。"

郁颜无奈："晏清只吃海草，这你不是知道的吗？"

"大熊猫也是以啃竹子为生，可它们偶尔也会抓几只竹鼠来改善伙食。"李享越想越害怕，"万一他哪天想换换口味怎么办？"

郁颜简直要被他气笑了："你这么害怕还回来干什么？直接跑路算了！"

没想到，李享低着头沉思两秒，露出了苦笑："实不相瞒，这三天我还真的给别的公司投了简历，也收到了很多回复。可是我最后还是选择了回来。"

他叹了口气：“我和晏清认识的时间并不长。第一次和他遇见的时候，我正在抱头痛哭。我是单亲家庭的孩子，我的妈妈一个人把我拉扯长大。虽然她很喜欢恶作剧，总是喜欢编一些妖魔鬼怪的故事来吓唬我，让我从小就害怕妖怪——但她是个好母亲，我唯一的、敬爱的母亲。但是这么好的妈妈却得了病，病很难治愈，也需要花很多钱。说来惭愧，一直以来我都自视甚高，对原本能把握住的各种工作机会嫌东嫌西，迟迟没有工作。妈妈也一直支持尊重我的理想，供养我读研读博。到了妈妈生病的时候，我居然一分钱的积蓄都拿不出来。我恳求医院，希望他们买我的血和我的肾，只要能凑够妈妈的医疗费，我什么都愿意做。这时候晏清出现了，他说我与其把自己卖给医院，还不如卖给他。他给了我一份体面高薪的工作，还帮我垫付了医疗费。所以我一直把他视作是我的恩人。

“这些天来，我一直都在思考跳槽的事情。大不了我可以在别的地方赚了钱慢慢还给他。而且顶着前水族馆经理的名号，新工作也变得出奇地好找。这时候我就在想，也许我真的不再需要晏清了。这个想法很忘恩负义，对吧？可是我真的很害怕。我从小就害怕‘非人类’的东西。妖怪也好，鬼魂也罢，哪怕它们不一定真的存在，哪怕它们未必对我抱有敌意，但我就是害怕。恐惧是一种本能，而且是无法克服的本能。

“我原本想一走了之，可我却意识到，虽然我不再需要晏清了，但是晏清却需要我。他不是人类，所以他需要一个真正的、可靠的、能够让他百分之百信任的人类来帮助他。再者说了，如果连我都不愿意信任帮助他，那就更不会有别人来信任和帮助他了。所以我愿意回来，直到他亲口对我说出‘我不再需要你了’为止。”

说到这里，李享突然顿住了脚，摆出一副严肃的表情：“我事先说好，虽然我可以接受和晏清共事，但是那个女人，那个叫朝夕的女人——如果你或者晏清认识她的话，请务必转告她让她离我远一点。这个女人实在是太可怕了。”害得他直到现在看到豹纹还心有余悸。

说话间，两个人已经快走到晏清办公室门口。

“还是我自己进去吧。”李享对郁颜说，“我突然觉得晏清也没那么可怕。如果他要真的有心想要对我怎么样，那他早就该下手了。”

郁颜哭笑不得：“你才反应过来啊？”

办公室的门是开着的，晏清正皱着眉埋头处理一大堆复杂的文件。看来没了李享的帮助，连工作也变得棘手了起来。

李享抬起手来，在门板上轻轻叩了三下。

晏清抬头，脸上露出些许错愕，随即又恢复如常：“你回来了？”

“是。之前未经批假就旷工三天，这是我的失误。”李享向晏清鞠了一躬，“请您原谅。”

“行了，既然回来了就赶紧开始干活。”晏清又显露出了自己“吸血鬼”老板的本质，直接把手里的企划案丢在了桌面上，“品牌方已经把联合活动的方案拿过来了，你对接一下。”

李享走上前来，拿起了企划案：“是。”

晏清看了看李享：“李享。”

李享站直了身体：“您有什么吩咐？”

“我不会伤害你的。”晏清说，“我的确有能够伤害你的能力，但我不会把它用在你身上。”

“我知道。”李亨释然地笑了，“否则我也不会回来。”

晏清也放松下来：“但我还要提醒你一点。那个叫朝夕的海底女巫很危险，你尤其要记得，千万不要和她打赌。”

“打赌？”李亨有些茫然，“为什么要和她打赌？”

“所有的海底女巫都有三个共性。第一，她们性格恶劣，以捉弄人为乐；第二，她们嗜赌成性，最喜欢和别人打赌；第三，她们天性贪婪——所以每个赌注的代价都极其高昂。”

晏清顿了顿：“不管她如何诱惑你，都千万不要和她打赌。诚然，她拥有强大的魔力，能够实现你的愿望。但那不是免费的，一旦赌局成立就无法撤销，到时候你后悔都来不及。”

“那……”李亨隐约猜到了些什么，“您把自己的鱼尾变成了双腿，难道是……”

“对，我和朝夕打了赌，也为此付出了高昂的赌注。”晏清笑着躺回了座椅，“但我没有后悔。无论我为她做了什么决定，我都不会后悔。”

# 第八章

## 嘿，打个赌吗

Ni Yibai
Chaoxi Weitian

李享是在游戏厅找到朝夕的。

游戏厅里有很多设备，篮球机、跳舞机、街机……这些朝夕统统不感兴趣。她坐在游戏厅门口，对着一台弹珠机正玩得起劲儿。

专供儿童玩的低矮机器对朝夕来说太矮，她猫着腰飞快地摆弄着弹珠机的拨杆，对已经来到自己身后的李享浑然不觉。

其实无论输赢，最后的结果都只不过是玻璃珠数量的增减而已。这样的筹码对于一个心智成熟的成年人来说根本没有什么吸引力，可偏偏朝夕玩得聚精会神。只要沾上一个“赌”字，她就停不下手。

海底女巫，嗜赌成性，天生如此。

可很明显，朝夕的赌运实在不怎么样。她用游戏币大把大把地兑换着玻璃珠，可这些玻璃珠没有一枚能从她的手里活过一局的。

等到最后一颗玻璃珠也被机器吞了进去，朝夕终于恼羞成怒，抬脚就往机器上踹。

她踹完了，一个转身，又被站在自己身后的李享吓了一跳。她伸出戴着蓝色手套的右手，轻轻拍了拍自己的胸口：“一声不吭的，你想吓死我啊？”

朝夕认出了站在自己身后的男人正是前几天才被自己捉弄过的那个倒霉鬼，正诧异他怎么突然胆子这么大敢来找自己。李享却哆哆嗦嗦地从自己的口袋里拿出一张符咒，啪的一声就拍在了朝夕的脑门儿上。

她这才看清李享一脸惊恐的表情。他哪里是不怕，他的腿都要被抖断了。

往朝夕的脑袋上拍了一张符之后，李享这才松了口气："你现在动不了了吧？"

朝夕像是被定住了，周身纹丝不动。

"大师画的符果然有效。"李享长舒一口气，"小可驱厄转运，大可降妖除魔——这二百块钱花得不亏。"

朝夕的眼睛仍旧死死地盯着他。

"你别怕，我不是要来伤害你的，我只是想来和你谈谈。如果你配合，谈完之后我就揭开符放你走。我不是故意想这么对付你的，我只是……我只是太害怕你了。"李享给自己壮了壮胆子，"明白了吗？明白了就眨眨眼。"

朝夕的双眼眨了一下。

"那我就开门见山地问了。"李享问，"你和晏清打了赌是吗？是的话就眨眨眼。"

朝夕又眨了一下眼睛。

"他和你之间的赌约是什么？"李享又问，"是赌他能不能追到郁颜小姐吗？"

朝夕再次眨动双眼。

“那……你们的赌注是什么？晏清说，和海底女巫打赌的代价非常高。那这个很高的代价是什么？难道是……生命吗？”

思来想去，也就只有这个答案最符合他的推理了。而且他也毫不怀疑晏清能为郁颜做出这样的事情。

朝夕继续眨眼。

“这个蠢货……”李亨咬牙切齿地小声骂了一句，“最后一个问题，如果我请求你，你可以撤销这个赌局吗？”

他死死地盯着朝夕的眼睛，可是这一次，朝夕没有眨眼。

李亨伸出手来在朝夕面前晃了晃：“你是让符咒给定住了，还是不肯答应？”

朝夕仍旧一动不动。

李亨不死心地又盯着她的眼睛。

一般来说，普通人类能够坚持不眨眼的时间最长不会超过一分钟，不知道海底女巫是不是也是如此。只要她眨了眼，他就有了替晏清耍赖的借口。

李亨死死地盯着朝夕的眼睛，朝夕也不甘示弱地盯着他。

这是他第一次这么近距离地观察朝夕。她的样子看起来和人类无异，不知道是不是常年住在深海里不见日光的缘故，她和晏清的皮肤都白到过分。

平心而论，朝夕长得真的很漂亮。她的嘴唇小巧，鼻梁挺俏，一双丹凤眼内勾外翘，无端地流露着一股风韵。

李亨突然想起自己听说过一种说法：据说性别不同的男女如果能坚

持对视十秒以上，就能对对方产生好感。

想到这里，李享的脸没来由地变红了。眼看指望朝夕眨眼是不可能的了，他索性来了硬的，恶狠狠地威胁：“你要是不答应，那我就不帮你揭符了啊。你可要一辈子都站在这里了。”

朝夕的手突然动了动。她伸手揭下自己脑门儿上那张皱巴巴的黄纸，反手就拍在了李享的头上：“你还真以为这破玩意儿有用啊？还是说你真觉得花二百块钱就能镇住我？”

打从一开始这张符就只是一张废纸。她有意顺着李享的意思来，只是单纯因为她觉得捉弄李享有趣。

她还是第一次遇到让她觉得这么有意思的人。

李享一脸发蒙，等他反应过来之后，顶着头上的符扭头就跑：“啊啊啊！”

他一个百米冲刺就从游戏厅跑到了无人的小巷子。

小巷子是条死胡同，李享看了看自己面前算不上多高的墙，咬牙准备翻过去。他一跃而起扒在了墙头上，正打算迈腿爬过去，双腿却突然感觉到了一丝凉意。

不知怎的，他的腰带突然松开了，裤子此时正松松垮垮地挂在他的大腿上，连内裤都露出了大半。

李享一个哆嗦摔到了地上，额头上的黄纸符也随之飘落。他还没来得及爬起来，就看到一双蓝色的高跟鞋缓步来到了自己跟前。

朝夕蹲了下来，笑容看起来十分危险：“你怎么没穿我送给你的那条内裤？我觉得你还是穿豹纹比较好看。”

李享摸索着墙根勉强站了起来，死死地拽住了自己的裤子：“你不要过来！”

“明明这么怕我，居然还敢来招惹我。”朝夕也站了起来，饶有兴趣地看着他，“很好，你很有趣，我很喜欢你。”

李享快要哭出来了：“你到底想干什么？”

朝夕用手托着自己的腮：“我想跟你打赌。”

李享立刻想起晏清对他的告诫，立马摇头：“不行。”

“你先考虑一下嘛，别急着拒绝。”朝夕的赌瘾上来了，甚至还用上了撒娇的口吻，“人家想和你打赌嘛。”

“不行就是不行。”李享的声音发着抖，“你想都不要想！”

朝夕不慌不忙地向他眨眨眼睛：“我可以帮你实现你的愿望哟。如果你赢了，我可以治好你母亲的病。”

李享的表情微妙地变化了一下。朝夕嘿嘿一笑：“如果你答应和我打赌的话，我还可以送你赠品哟。我可以答应你少给晏清添乱——你来找我，为的不就是这个吗？”

她说的是“少给添乱”，而不是“不给添乱”。李享皱着眉头想了想，到底还是没忍住：“如果我输了……会怎么样？”

“如果输了，你就要给我做一辈子奴隶。反正你现在和把自己卖给晏清了没什么两样，给谁当奴隶不都一样吗？”

朝夕微微前倾着身体，虽然隔着一层眼镜镜片，可李享还是能看清她长长的睫毛。

真的……很漂亮。

他不自觉地吞了一口口水。

晏清说得没错，海底女巫真的很擅长诱惑别人。

李亨正直愣愣地盯着朝夕的眼睛看，却发觉透过眼镜镜片看过去，她的脸部轮廓仍是一条连贯完整的线，没有丝毫偏移。

这就奇了怪了。如果是近视镜，透过镜片看到的物体会变小；如果是远视镜，透过镜片看到的物体会变大。无论是近视镜还是远视镜，她的脸部轮廓线条应该都会有些许的错位和变形。可实际情况却是根本没有。

难道她只是单纯为了好看才戴了没有度数的平光镜?

“我开出的条件已经很不错了吧？”李亨还在胡思乱想的时候，朝夕又朝他靠得更近了一些，“要不是你太难骗，我才不会跟你打这么吃亏的赌。”

李亨犹豫了：“你想赌什么？”

“这个……”朝夕停顿了片刻，显然是之前没有思考过这个问题。她抬头看了看天上的月亮想了一阵，随即眉开眼笑，“就打赌我能不能找到真命天子吧，期限是四十五天，如果四十五天之后喜欢我而且我也喜欢的人还没有出现，那就是你输了。找不到男朋友，拉你这么一个有意思的人来陪我也不错。”

李亨欲言又止：“你倒是很有自知之明。”

性格这么恶劣，有人喜欢你才怪。

“其实人家也很憧憬爱情啊。”朝夕噘嘴，“原本人家也没觉得单身有什么不好，可是晏清刺激到我了。人家很羡慕鱼钩小姐的，能被这么轰轰烈烈地爱着。”

看到她这副样子，李享反倒没有那么紧张害怕了：“我明白了，就是帮你找男朋友对吧？好，我接受，我会帮你找到你命中注定的那个人，也希望到时候你能遵守约定。”

“这你放心。”朝夕微笑，“虽然海底女巫心眼很坏，但我们为数不多的优点就是讲信用。”

李享挺直了腰背，又恢复成平日干练的经理形象：“朝夕小姐，我衷心祝愿你能找到真正爱你的那个人。希望他能容忍你所有的任性和小脾气，希望他看你时眼神温柔，希望他愿意陪你做很多事，说很多话，走很多路——朝夕小姐，你一定很快就能找到他。”

精明能干的李经理最近遇到难题了。

一直以来，他都能出色地完成晏清交给他的各项任务。最近有一家巧克力厂家准备要和水族馆做一次联合活动，可对方对于他做出的企划案并不满意。

其实李享不是没有推辞过，可是巧克力厂家的经理却说：“当初我们谈这个项目的时候，晏清先生承诺过贵司会提供一条龙服务。”

“对。”李享痛苦地点头，“我就是那条龙。”

晏清简直是在拿他当万金油用。

如果是别的项目，李享绝对能干净利落地完成。可是这次的项目有一点不一样。

这次的项目是以“情人节”为主题的。对方经理再三强调，务必要把活动营造出“甜蜜，浪漫，少女心怦怦乱跳”的感觉。

他一个大老爷们哪有怦怦乱跳的少女心，他现在只有一颗想逃避的心。

李享正坐在自己的办公室里痛苦地写着文案，晏清走了进来，催促道：“企划案写完了没有？对方催了好几次了。”

李享像是看见了救星：“老板，你教教我怎么说情话吧！”

他怎么忘了，自家老板就是情话高手，各种情话信手拈来，根本无人能出其右。

晏清一愣：“情话？我什么时候说过？”

“就是您老人家对郁颜说的那些啊。”李享眼巴巴地望着他，“你是怎么胡扯出那么多能把人夸得心花怒放的情话的？你教教我！”

晏清仍是有些摸不着头脑：“我什么时候夸过她，我说的都是真心话。”

正说着话时，郁颜恰好在门口路过，她向门里瞥了一眼：“你们俩都在啊。”

晏清一看到郁颜，立马换了副关切的表情：“你收工了吗？”

“对啊，今天的工作结束了。我把脸上的妆卸了就收工。”郁颜似乎心情不错，和他们开起了玩笑。她将自己的右掌覆在自己的脸上，故意做出一副娇羞的姿态，“我给你们表演一个美女卸妆。”

晏清佯装沉思：“这有什么意思？反正卸了妆之后还是美女。”

郁颜的假娇羞成了真娇羞，红着脸一溜烟地跑了。

李享目瞪口呆。

什么叫段位高啊，这才是真正的段位高啊。夸人于无形之中，这才是真正的“甜蜜，浪漫，少女心怦怦乱跳”。

李享激动了，一把拽住晏清的胳膊：“对对对，我就是想学这个！”

晏清略带嫌弃地把他推开：“实话实说还用学？”

“那你教教我怎么夸人。”李享指了指自己，“老板，你对我说点能让我开心的话。”

晏清一脸警惕：“你休想让我给你加薪。”

李享：“……”

到了下班时间，照例是由李享开车送老板和准老板娘回家。

今天天气不错，夜空中连云彩都很少见。月亮高挂在天上，散发着柔和的清辉。

郁颜靠在车窗旁向外面望去，眼睛的余光却瞥见了自己手腕上的手链。

“晏清。”她开口问，“你之前说过，你们人鱼信仰月亮对不对？”

“对。”晏清回答，“月亮的确蕴含着神奇的力量。只要向它诚心祈愿，就能实现自己的愿望——郁颜，你就是我的愿望。”

李享一听，立刻把耳朵竖了起来，开始积累素材。只要遇上郁颜，晏清就会自动开启情话模式，根本不用别人提醒。

不过郁颜早就对晏清的情话有了免疫力，她权当没听见晏清的最后一句：“在我小的时候，我爸爸也是这么告诉我的，所以他才送了我这条月光石的手链。他说，他希望我能够心想事成。”

提起父亲，郁颜变得有些伤感。晏清察觉到她情绪的变化，伸出手来轻轻揉了揉她的头发："我们人鱼族还有一个传说——据说每一个人死后都会变成星星。他们没有消失，也没有离开，只是换了一种方式继续陪伴你。如果你想自己的父亲了，不妨抬头看看天上的星星。当然，如果天上没有星星，你也可以来找我。我会永远恭候着你的到来，听你倾诉，为你擦泪，再把肩膀和胸膛借给你。"

虽然明知这只是安慰人的漂亮话，可郁颜还是觉得有些感动。她向窗外望去，星空璀璨，看得她眼里有泪花闪烁。

她突然想扑到晏清的怀里，好好地抱抱他。

晏清才张开怀抱准备迎接，可还没等郁颜抱住他，李亨就插了话："对啊，你也别难过了，反正人死了就会变成星星。你看这满天的星星，说不定其中就有你爹。"

一句话让氛围全无。郁颜的眼里瞬间没了泪花，也不想对晏清投怀送抱了。

晏清恨得牙痒痒："李亨，你要是不会说话可以不说！"

李亨吹着口哨假装什么都没听见。

最后，企划案还是李亨跟在郁颜身后听了老板说了好几天的情话、抄了作业才完成的。

对方经理对新企划十分满意："你们是招了个新文案吗？"

李亨只是笑笑没说话，他不敢说晏清就是那个"新文案"。

他微笑着聆听客户的反馈意见，忽然想起一件事："冒昧地问一句，您有女朋友吗？”

对方经理也是个青年才俊，容貌上乘，谈吐得体，而且年纪轻轻就事业有成，是个不错的男友人选。

李享还惦记着要给朝夕找真命天子的事。

对方经理没想到他会突然问这个问题，不好意思地挠了挠头：“没有，目前我还是单身。”

李享眼前一亮：“那我给你介绍一个女孩子怎么样，她真的很漂亮。”虽然心眼也真的很坏就是了。

对方一听有这种好事，连忙点头答应。

李享立刻预订了餐厅，替朝夕准备好了当晚的相亲。

朝夕很给面子，到了晚上如约而至。李享不好意思打扰二人的私人空间，就坐在车里等着两人进餐厅详谈。

他留了个心眼，特意预订了靠窗的位置。这样一来，就算他坐在车上也能隐约看到两人的进展。

出乎李享的意料，今天的朝夕换了一身知性温柔的打扮。她仍旧穿着一身的蓝色，给人的感觉却和之前截然不同。

李享抻长脖子往里看，看到她小口地抿着自己面前的饮料，笑容纯良，像是个人畜无害的懵懂少女。

和她之前可怕的女魔头形象判若两人。

李享不满地撇嘴，他不知道自己是在为朝夕骗人而生气，还是为朝夕能为别的男生露出这样的表情而生气。

事情似乎进行得很顺利。一顿饭下来，两个人似乎交谈甚欢。李享松了口气，内心却不知怎么又觉得有些酸酸的。

朝夕到底是一个怎样的人呢？她贪婪、嗜赌，心眼又坏。她明明知道他惧怕灵异现象，却还总是用这个来吓唬他。

可是与此同时，她却对爱情充满着向往，甚至对他安排的相亲都言听计从，乖乖配合。朝夕说是晏清对郁颜的爱刺激到了她——那她是不是实际上从未被别人爱过？

这么想想，她好像又有点可怜。人人都对海底女巫敬而远之，晏清也告诫过他不要受朝夕的蛊惑。她大概生来就一直被人疏远的吧？所以她才养成了这样顽劣的性格，想用恶作剧的方式引起别人的注意。

平心而论，哪怕她捉弄了他那么多次，可她一次都没真正伤害过他。

李享想到这里，叹了口气。

看样子朝夕和相亲对象对彼此的感觉都不错。他和朝夕的赌约似乎差不多已经画上句号了。他发动车子，刚想离开，副驾驶的车门却突然打开了。

上车的人居然是朝夕："既然你有车的话，那就送我一程好了。不要钱的车，不坐白不坐。"

一到了车上，她就恢复成了自己的原本面目。朝夕理直气壮地开始差使李享，把自己苦心设计出的知性淑女的伪装抛到了一边。

李享愣了愣。他有些吃惊——他吃惊朝夕的突然出现，也吃惊自己在看到朝夕之后居然萌生出了些许的庆幸。

"你怎么来我车上了？你们刚刚不是聊得挺好的吗？"

"啊。"朝夕心不在焉地看着窗外，"是挺好。"

“那你怎么不试着跟他谈谈恋爱？”

“我又不喜欢他，干吗要跟他谈恋爱。”

李享立刻拿出了平板电脑准备做笔记：“那你觉得他哪里不好？”多掌握些朝夕的喜好，他以后就可以事先把她不喜欢的类型剔除出去。

“哪里不好……”朝夕想了想，这个问题似乎把她难住了，“我也说不上来。”

李享继续耐心地提示她：“你是不是不喜欢他的长相？”

“不啊。”朝夕不假思索，“长得挺帅的。”

“那就是他性格太差？”李享又问。

“性格活泼阳光，兴趣爱好广泛，没什么不好。”朝夕如实回答。

“还是他人品不行？”

朝夕回忆了片刻：“他为人很绅士，知道要帮我拉座椅，会细心地问我喜欢吃什么菜，结账的时候也是抢着买单——让你这么一说，他好像还挺完美的……”

李享无奈地放下了自己的平板电脑：“完美你还不喜欢？”

“怎么说呢，这个人哪里都好，就是让人觉得没意思。他还没你好玩呢。所以临走之前我就告诉他，我不想隐瞒他，我其实做过变性手术，但是手术很成功，该有的功能都有，现在已经是五个孩子的妈了。你是没看见他的表情，精彩极了，跑得比旗鱼都快，哈哈哈哈……”

朝夕笑得前仰后合，但很快就收敛了笑容。

“这种人也就能玩一次，多了也就没意思了。不像你，还能翻来覆去地拿来玩。”

李享再次发动车子：“请您不要再捉弄我了，好吗？”

“对对对，我要的就是这个。”朝夕突然兴奋，“你认不认识那种跟你一样死正经的榆木脑袋？这种人比较好玩。”

“请不要叫我死正经的榆木脑袋……”

朝夕权当没听见：“最好还和你一样胆子小。”

“……”

“还要跟你一样傻乎乎的。”

李享简直要被她气笑了：“你怎么不直接让我当你男朋友？”

“也不是不能商量啊。”朝夕向他眨眨眼睛，“你只要输给我，就能一辈子都陪着我了。”

“敬谢不敏。”李享果断拒绝，“你等着，我很快就会帮你找到属于你的真命天子。”

# 第九章

## 用亲吻诉说喜欢你

Ni Yibai
Chaoxi Weilian

情人节很快就到了。

水族馆的装潢翻新了一遍，四处都是新加的粉红色心形泡泡。变化最大的，应当就是一楼主展厅里新加了几个巨大的长方体玻璃水缸。这些水缸的顶部一直通到楼上，与美人鱼表演的水池相连。

这就是情人节活动的重头戏。水族馆和一家巧克力厂做了联名活动，通过购买促销装的巧克力，就有机会在巧克力的包装里抽到奖券。凭此奖券，就能来到水族馆和美人鱼们做一分钟的近距离接触。

进行美人鱼表演的工作人员需要不借助任何呼吸设备不断潜入方形玻璃缸，与玻璃壁外的游客进行一分钟的互动。再加上潜入和潜出换气的时间，整个过程差不多需要一分半钟，这也是一个普通人能够承受的水下憋气时长。

但是如果要将整个动作持续一天，对表演者的体力来说还是一个不小的挑战。为此，郁颜已经提前做了半个月的特别训练，只为了今天能够表演顺利。

还没正式开馆，李享就给各位“美人鱼”送来了新的演出服。

既然是情人节，演出服自然也要配合气氛。新的演出服比平时的演出服要漂亮很多，鱼尾的尾鳍也比平常的大了一倍。这样的尾巴进入水中之后就会像轻纱一样，梦幻又浪漫。

可是“美人鱼”们对李享采购来的新衣服并不买账。老员工许姐接过新演出服后看了看，脸上写满了嫌弃：“我说李经理，这批演出服的质量也太差了吧？你看这料子这么薄，穿不了几天就得坏。”

“不用穿几天，穿一天就好。反正就用这一天，买贵的也是浪费。为了节约经费大家就忍忍吧。”李享在这种事上向来精打细算，“再说了，这不还有服装厂多送的好几套备用演出服吗？坏了就换，不会耽误事的。”

郁颜早就在一边挑起衣服了。为了迎合今天“情人节”的主题，这批演出服要比平时的好看很多。郁颜对这种漂亮衣服没有什么抵抗力，早就摩拳擦掌跃跃欲试了。

她很快挑好一套水蓝色的演出服。换好衣服之后，她又特意给自己编了一条好看又漂亮的发辫，还往辫子上卡了一朵海星发卡。

穿戴完毕之后，郁颜站在换衣镜前自我陶醉了好一阵。镜子里的她像是真正的人鱼公主。

真正的女性美人鱼也这么漂亮吗？如果她们都像晏清那样颜值过人，那晏清这十二年来都没变心还真是毅力超群。

还是说，其实他早就和别的女性美人鱼有过恋情？毕竟她对他的过去一无所知。

郁颜的脑子里突然冒出了这个想法。她没来由地吃了飞醋，心里那份无端的揣测也开始逐渐膨胀。她再也憋不住了，穿着演出服就要去找晏清。

她要去问问晏清是自己漂亮还是海底的女性美人鱼漂亮。

被做成鱼尾形状的裙子紧紧地包裹住双腿，让人根本迈不开步子。郁颜用小碎步走了半天也没走出去半米，干脆提着自己的鱼尾巴开始往前蹦。

幸好晏清的办公室离更衣室并不算远。郁颜艰难地蹦到了晏清的办公室门口，推开了门。

晏清正低头看着文件，郁颜的突然出现让他吓了一大跳。可郁颜顾不上那些，她急吼吼地问他：“晏清，你在忙吗？”

晏清不愧是晏清，脑子转得飞快，情话脱口而出：“我在想你。”

“骗人。”郁颜说，“你明明就是在忙。”

“忙或不忙，不足以成为让我停止想念你的理由。”晏清微笑，“这位美丽的小姐，请问你找我是有什么事吗？”

“我问你。”郁颜也不跟他客气，“我漂亮吗？”

一直以来，郁颜都让他少拍马屁，主动要夸奖这还是第一次。这有点出乎晏清的意料，他呆呆地点了点头：“漂亮。”

“那。”郁颜又问，“我有多漂亮？”

晏清终于反应过来，他微笑着合上了手里的文件夹，站起身来，正式进入了拍马屁模式：“郁颜，你知道为什么人鱼会信仰月亮吗？”

郁颜问：“为什么？”

“因为月亮会发光。”晏清回答，“在深海里，光是很罕见珍贵的东西。十二年前，我为了看一眼会发光的月亮浮上了海面。那一晚，我第一次看到了月亮，也第一次看到了你。从此之后，每当看到光芒，我就会想到你——我看月亮，像你。看星星，也像你。那些白亮透彻、温柔清冷的光，它们都让我想起你。有时候我会觉得很庆幸，世界很小，而你恰好发光。何其有幸，我一眼就看到了你。”

郁颜听着听着就红了脸。其实她早就知道，晏清一定会不遗余力地夸奖她。

赞美很老套，赞美很俗气，可她就是想听。

她就是想要这种俗气而热烈的喜欢。

不过郁颜心里也清楚，人鱼的嘴就是骗人的鬼，他们都是拿甜言蜜语当饭吃的，这些虚头巴脑的话根本信不得。

“那，跟海里的美人鱼……我是说那些女孩子，和你一起生活、一起长大，和你一样长着鱼尾巴的女孩子，她们漂亮吗？相比之下，是我漂亮，还是她们漂亮？”

晏清听到这句话，脸上的笑意不易察觉地加深了。他在郁颜的问题里嗅到了吃醋的味道。

“首先回答第一个问题。”晏清开口，“她们很漂亮。和人类相比，人鱼普遍拥有着更美丽的容貌。”

郁颜不满地撇了撇嘴。好吧，她要承认，自己的确是有点吃醋。

“可是你比她们都要漂亮。”晏清用自己的右掌覆住自己的胸口，起誓一般认真地说道，“在我心里，你永远最漂亮。”

郁颜的醋劲儿还没消下去：“就知道说好听的。”

晏清继续微笑着说：“郁颜，我曾说过，你是我见过最美的人鱼。”

那是她刚来水族馆，还不知道晏清就是这里的老板时，晏清在送给她的花束中夹了一张卡片，上面就写着这句话。

“这句话是赞美没错，可也是我的真心话。”晏清诚恳地说，“的确，很多人说我们人鱼族是马屁精，油嘴滑舌，溜须拍马，喜欢说各种花言巧语。这我承认，我们的确是马屁精，喜欢说漂亮话——可我们从不说谎话。我的赞美全部都是发自内心的，你就是我心目中完美的标准。”

郁颜的脸已经红到不行了。

晏清还想走到她跟前，她却一个转身就往回跑：“快到开馆时间了，我先回去了！”

她跑得太匆忙，一不留神就被宽大的鱼尾狠狠绊了一下。

郁颜惨叫一声，摔到了地上。

和她的惨叫一样清晰的还有一声“呲啦”的声响。原本就质量堪忧的一次性演出服猛地撕裂开，变成了一团烂布。

郁颜瞬间就觉得自己没脸见人了。她跑过来原本是想质问晏清自己漂不漂亮的，可现在她的衣服坏掉了，露出两条无处安放的大腿，细心打理过的发型也变得一团糟，要多难看有多难看。

晏清急匆匆地跑了过来：“你没事吧？”

虽然郁颜也知道晏清这是在关心她，可她还是害了臊：“你不要看！”

晏清仍旧放心不下：“有没有摔疼哪里？”

“我让你不要看了！”郁颜恼羞成怒，“看什么看？难看死了！”

“是啊，难看死了。”晏清憋住笑，“你看你这么难看的样子都被我看到了，那你非得嫁给我不可了。”

在这世界上，喜欢分好多种。有的人喜欢一个人，是因为她漂亮好看；有的人喜欢一个人，是因为她精明能干；有的人喜欢一个人，是因为她好玩有趣。这些喜欢都暗含了一种“期待”，希望能从对方身上获得自己想要的东西。

可还有一种喜欢，是看过了你的哭脸和狼狈，知道了你的辛苦和平凡，允许你不乖又不美，包容你的蛮横和善妒，在看完你的丑态之后，还是想把肩膀和温柔都给你。

他想要的，只有你的爱，仅此而已。

郁颜被他见缝插针的求婚给逗笑了。

晏清也笑着俯下身子，将郁颜打横抱起：“我送你回更衣室。我的人鱼小姐拥有着全世界最美丽的双脚，怎么能让它沾染上尘土呢？”

这一次，郁颜没有抗拒晏清的怀抱，任由他把自己抱在了怀里。

“对不起。”郁颜用胳膊环住了晏清的脖颈，“刚刚我不该对你发脾气的。”

“没关系。”晏清仍旧笑得温柔，“你可以对我发脾气，也可以对我无理取闹。如果你受了委屈、感到愤怒，都可以告诉我。我会接住你所有的负面情绪，倾听你的诉苦，安慰你的不甘，帮助你把它们慢慢消化掉。”

郁颜老老实实地窝在了他的怀里，没有作声。

说我爱你很容易，约会很容易，接吻很容易，拥抱也很容易。但是能够一次次地在面对对方的负面情绪时仍然保持着耐心，这真的很难。

这也许就是爱一个人的最高形式。

因为深爱，所以义无反顾。

她开始感觉自己被晏清喜欢是一件非常幸运的事情了。

把郁颜送回更衣室后，晏清回到了自己的办公室，拨通了李亨的电话：“你过来一下。”

一句话让李亨光速出现在了晏清的眼前：“老板，您有什么吩咐？”

晏清习惯于把所有的事情都安排给李亨，使唤他使唤得理所当然：“帮我安排一下，和‘美人鱼’互动的名额给我留一个，等一下我要和郁颜互动。”

被一面玻璃墙隔开，一面是人类，一面是人鱼，一面是陆地，一面是海水，这本来就是一个很浪漫的场景。晏清自然不会错过这样的好机会，他连玫瑰花都准备好了。

李亨却微笑着摇摇头：“不行。老板，按照规则，每张互动券都是要严格遵守公开公平公正的原则靠运气抽奖才能取得，我身为活动承办方的负责人，不能带头破坏规则。不过……”

李亨狡黠地笑了：“不过如果您实在想参加活动，也可以购买我们的促销装巧克力进行抽奖，一楼大厅的商品部就有的卖——巧克力卖得多，我的绩效奖金也能变多。反正我的小气老板也不肯给我加薪。”

晏清欲言又止。

这家伙怎么还记仇呢！

没办法，晏清只好来到商品部。

“您怎么来了。”见到自家老板大驾光临，商品部的销售员自然是笑脸相迎，“有什么我能为您做的吗？”

晏清撸着自己的袖子，露出一副斗志昂扬的表情：“那个能抽奖的巧克力，给我搬一箱过来。账记在我头上，再找个人过来帮我拆巧克力。”

一箱巧克力很快就被搬了过来，晏清蹲在地上，开始专心致志地拆巧克力的外包装。

晏清见过奖券。为了不让人轻松地摸出来，奖券被设计成了薄薄的一张，用可食用油墨印刷好之后被塞到了锡纸层的里面。他为了不破坏奖券，只能小心翼翼地拆着锡纸。

可他的运气不怎么好，忙活了近一个小时，他终于拆完了一箱巧克力，可奖券还是没出现。

晏清愤愤地把那箱巧克力推到一边：“怎么拆了这么久也没见奖券？李亨是不是根本没往里面放？”

“咱们接待游客的能力毕竟有限，中奖名额不多，所以中奖率的确不高。”销售员赶忙解释，“几箱里能拆出一张就不错了。”

晏清无奈地摇了摇头：“再给我搬两箱过来，然后再多找几个人过来帮我拆。”

新的两箱巧克力很快就被搬了上来。晏清正埋头拆着锡纸，就听到旁边出现了个奶声奶气的声音：“爸爸，我想吃巧克力。”

“爸爸给你买！”一个听起来有些耳熟的声音在晏清耳边响起，“这旁边咋有这么多巧克力让拆开了？拆开还不吃，败家玩意儿。”

晏清抬起头来，发现果然是自己的老熟人：“刘教练？”

一看见蹲在地上的人是晏清，老刘立即眉开眼笑：“哟，真巧！晏清先生也在这里！”

晏清立刻站起身来和老刘握手：“您过来玩啊。”

“是啊，郁颜这丫头前几天送了我三张票，说是职工福利发的赠票。正好是寒假嘛，带老婆孩子出来玩玩。”老刘立马把自己的儿子抱了起来，“来，崽儿，叫哥哥。”

老刘当年事业受挫，混到老大不小才娶了媳妇。婚结得晚，孩子年纪也小。老刘那个还没半人高的儿子乖乖地向晏清喊了声“哥哥”，然后立刻又把头转向老刘：“爸爸，我想吃巧克力。”

“哎，好嘞。”老刘对自己的宝贝儿子宠得不得了，“爸爸这就给你买。”

晏清一听这话，立马递过去一块还没拆开的巧克力：“怎么能让您花钱呢。小弟弟，这块巧克力送给你。如果喜欢其他的东西也可以告诉哥哥，哥哥可以送给你——那边有海狮海豹的玩偶，还有美人鱼的贴纸哟。”

小孩子眉开眼笑地接过巧克力，草草地拨开了锡纸就往嘴里塞。他嚼了几下，然后吐了出来：“爸爸，这里面有纸。”

老刘接过来一看：“哟，美人鱼互动的奖券。”

小孩子一听就乐坏了：“爸爸，我要和美人鱼互动！”

“崽儿，咱这运气实在是太好了。等回家的时候你再帮爸买张彩票！”老刘乐开了花，“晏清先生，我先带儿子去和美人鱼互动了啊。”

晏清无力地愣在原地。

说好的几箱里能拆出一张就不错的呢？他随手送出去的一块巧克力怎么就偏偏是中奖的那块？

销售员看着他的表情实在是不忍心，过去拍了拍晏清的肩膀：“老板，请坚强。”

其实李享也不是完人，老板忙得抽不开身没工夫监工的时候，他也会偷懒摸鱼。

眼下晏清正在商品部忙着拆巧克力，李享安排好其他的事务后，就躲进了自己的办公室偷偷给朝夕打电话。

他跟朝夕打赌的事情，晏清和郁颜并不知情，所以他只能偷偷摸摸地进行。

李享关好门，然后倚在门板上给朝夕打电话。

电话很快接通，朝夕的声音从里面传来：“喂？我的小奴隶，你给我打电话是想我了吗？”

李享并不理会她的调戏，直奔主题：“我给你介绍的新相亲对象你觉得怎么样？”

朝夕打着哈哈，没有正面回答：“就那样呗。”

“严肃一点。”李享认真的性子又上来了，“我是认真的。”

“既然是严肃的事情，那我们还是当面谈比较好。”

朝夕的话音未落，李享就看到自己面前的办公桌上凭空出现了一个人影。朝夕笑嘻嘻地坐在李享的办公桌上，手里还举着手机。

突然出现的朝夕把李享吓了个半死，他两腿一软，险些跪倒在地。

“你看看你那没出息的样子。”朝夕把自己的手机收了起来，“海底女巫会瞬间移动难道不是很正常的事情吗？”

李享立马想起了上次：“那你上次还坐我的车？你根本不用徒步走回去！”

“可是人家坐你的车并不是为了少走路啊。”朝夕向他眨眼，“人家只是为了能多和你单独相处一会儿。”

听到这句话，李享的脸微微发红。他立刻把话题拉了回来：“我给你介绍的那个新相亲对象呢？”

朝夕露出意味深长的微笑。李享一看就知道她肯定又捉弄了人家：“这次又是因为什么？”

“因为无聊。”朝夕回答，“你给我介绍的男人都太无聊了，还没你有意思呢。可是人家还要维持淑女的形象，又不能主动赶他们走。所以，我只能耍点小手段让他们主动走喽。”

想也知道，朝夕所谓的“小手段”肯定又是折磨人的恶作剧。李享无奈地看着她：“朝夕小姐，每个人都只有一颗心，请你不要随意伤害人家的心好吗？”

大家都是满怀期待地来相亲的，结果却从朝夕这里受到了满满的惊吓，作为介绍人的李享实在是觉得自己良心不安。

“每个人都只有一颗心，所以不能伤别人的心……”朝夕想了想，“那我可以打断他们的骨头吗？反正你们人类每个人都有二百零六根骨头。”

“不可以！”李享觉得自己头脑发蒙，马上就要被朝夕气死了。

这些日子以来，他已经把自己认识的所有单身男性朋友都介绍给了朝夕。朝夕不愧是朝夕，经过她的不懈努力，现在李享已经没有朋友了。

可朝夕对此浑然不觉，她丝毫没有意识到自己做的有什么不妥："你还认识什么好男人吗？"

"没有了！"李享被她气得咬牙切齿，"就只剩下我自己了，你要不要？"

"好啊好啊。你要是早点认输不就没那么多麻烦了嘛！做我的奴隶有什么不好？"朝夕没皮没脸地开始怂恿李享，"你干脆认输算了，人家以前打赌从来没赢过，也想试试打赌赢了是什么感觉嘛……"她一不小心把实话说出了口，连忙用手捂住了嘴巴。

李享眉毛一挑，表情有些诧异："你跟别人打赌从来没赢过？"

"是啊，我运气就是这么差，现在你高兴了？"朝夕摆出一副破罐子破摔的表情，"反正我逢赌必输，别的姐妹都嘲笑我是慈善家。你敢嘲笑我一下试试看？"

李享立马摆手："不不不，我绝对没有嘲笑你的意思。"

"行了，"朝夕从桌子上跳了下来，"我不跟你废话了。"

她走到李享身旁，拧开门把手就要向外走去。李享叫住了她："你想去哪里？"

"去看看我们鱼钩小姐恋情的进展情况。"朝夕狡黠一笑，就消失在了门口。

转眼间，朝夕就来到了商品部。

晏清还在聚精会神地拆着巧克力。很明显，他梦寐以求的那张奖券还没有出现。

朝夕直接蹲在他的身边：“看来你是还没有找到喽。”

晏清抬头瞥了她一眼，接着又把头低了下去，继续拆着手里的巧克力。

“我看你干脆放弃算了。你看你之前为鱼钩小姐做了那么多，她不也没领情吗？现在你也就只剩下差不多一个月的时间，她连做你女朋友都没答应，更别提答应你的求婚了。”朝夕开始苦口婆心地劝说他，“你干脆也别瞎折腾了，好好享受生命中最后的几天不好吗？”

朝夕说着，伸手就要从晏清面前的那箱巧克力里随意拿出一块。

晏清一把夺了回来：“请你不要捣乱。”

“只是吃你一块巧克力而已，你看把你小气的。”朝夕把那块巧克力抢了回来，剥开了外包装，“喏，看清楚了，里面没有奖券。现在可以给我了吧。”

既然里面没有奖券，晏清也不跟她多计较。他挥了挥手，示意朝夕赶紧走，不要留在这里继续添乱。

朝夕笑嘻嘻地从巧克力上掰了一小块，放在了嘴里，走开了。

这也怨不得晏清警惕性高。海底女巫拥有着透视的超能力，如果朝夕真的起了坏心故意挑走了有奖券的那块巧克力，那他就真的是白费劲儿了。

朝夕边吃巧克力边走了出来。一走出商品部的大门，她就重新拨弄了一下手里巧克力的锡纸包装。被她掰掉一小块的巧克力居然又恢复成了完整的一块，同时，一张蓝色的纸片也露出了一个边角。

海底女巫不光能够透视，还能以物易物。这么方便的能力，不用来捣乱实在是太可惜了。

她笑嘻嘻地抽出了奖券，把它撕成碎片，然后顺手丢进了垃圾桶。

另一边，晏清还在努力地拆巧克力。他拿起一块新的，撕开了外包装，却发现里面那块原本应当是全新的巧克力缺了一块角。

他立刻回想起刚刚朝夕故意当着他的面掰下了巧克力的一个边角的场景。她是在委婉地提醒他，巧克力已经被她做了手脚，他还是乖乖认输放弃比较好。

晏清皱了皱眉头，抬头问销售员："还有新的巧克力吗？"

既然这些巧克力已经被朝夕做了手脚，那么里面还有奖券的可能性就变得微乎其微了。

销售员摇头："没有了。这是最后的几箱。"

这时候，李享也走了过来。他被这满地的巧克力吓了一跳："这些还不够你拆的啊？你居然还要新的？"

"朝夕把有奖券的那块巧克力换走了。"晏清叹了口气，拍了拍手边的纸箱，"里面还有奖券的可能性很渺茫。"

李享也叹了一口气："那咱们放弃？"

"我是不会放弃的。"晏清摇了摇头，又开始拆巧克力，"哪怕概率很小，我也要碰碰运气。"

李享看了看晏清，觉得他比朝夕更像是一个赌徒。

明知输多赢少，明知代价巨大，可他还是不愿意停手。他把自己包括生命在内的一切都赌上了，一条后路都没给自己留。

说他聪明吧，他能做出这么冲动的决定。说他蠢吧，他在其他事上又表现得那样精明。

也许在这个世界上，只有郁颜能让他心甘情愿地失去理智了。

李享无奈地笑了笑，也蹲下身子开始拆巧克力：“我帮你。”

时间过得飞快，很快就要到闭馆的时间了。晏清面前也只剩下一箱没有被拆开的巧克力。

李享觉得自己的手都快酸了。他真的好奇晏清是怎么不歇不休地拆上那么久的。

现在他是真的有点心疼晏清了。巧克力马上就要被全部拆完了，如果真的是竹篮打水一场空，他都不敢想象晏清会露出一副怎样的表情。

晏清又拿起一块新的巧克力，撕开了最外层的包装纸之后又直接粗暴地撕开了内层的锡纸。比起最开始的时候，他已经没多少耐心了。

他撕开锡纸后随手一丢，又拿起了新的一块。可新的一块还没拆开，他就像是意识到了什么，又把刚刚自己丢掉的那块捡了回来。

他好像在里面看到了一张蓝色的方形纸片。

晏清急忙把那块巧克力拿了回来，手指都在微微发抖。

里面真的是奖券。他下手太狠，把奖券连同锡纸一起撕开了。

晏清把那张几乎要断成两截的奖券举到李享眼前，激动地吼道：“就算被撕坏了也可以兑奖吧？对吧！”

“必须可以兑。”李享真怕他过度激动，连忙安抚他，“走，我带你去排队。”

李享带着晏清到排队区等候，嘴角漾出了微笑。

朝夕果然没有把人逼上绝路。

诚然，她性格恶劣，脾气古怪，喜欢给人添乱。可她并不会置别人于死地。

就像她自己说的，她跟别人打赌从来没赢过，姐妹们甚至会取笑她是“慈善家”——可她逢赌必输，真的只是因为运气差吗？还是她不忍心把事做绝，总会给别人留有一丝希望？

也许这是海底女巫独有的“善良”。再也许，朝夕和他想象的并不一样。

等一下。

李享的笑容突然凝固。

为什么他在察觉到朝夕并没有那么“坏”之后，心里竟然会产生出高兴的感觉？

他轻轻用手摸了摸自己胸口的位置。

那种感觉，简直就像是在庆幸……庆幸自己没有喜欢错人。

晏清兴高采烈地排上了队。

他的怀里还抱着一大捧玫瑰。

玫瑰花是一大早就已经打理好了的，被人冷落了一天之后，原本娇艳欲滴的红玫瑰有些发暗发蔫。但这并不影响晏清的兴致，他小心翼翼地整理着衣服，期待着自己能以最完美的状态和郁颜见面。

队伍越来越短，晏清也越来越激动。终于轮到他了，他跟随着工作人员的指引来到方形玻璃缸前，看到玻璃壁上的一分钟倒计时正式启动。

“和美人鱼互动”是李享想出来的点子，据说这是他连续玩了几天乙女恋爱游戏之后灵感乍现得出的方案。游客可以用手触碰玻璃壁，而玻璃壁里的美人鱼也会据此回应。

一条美人鱼顺水而下，周身还携带着许多从陆地带来的细小气泡。晏清激动地献上鲜花，然后就看到了一脸娇羞的许姐。

他怎么忘了，“美人鱼”并不是只有郁颜一条。

一旁的工作人员立马把他怀里的花接了过来：“花我会送到后台，一定会帮您妥善地转交给许姐。”

晏清的表情从一开始的激动变成了冷漠。他转过身来问工作人员：“能帮我换一场吗？”

这时，玻璃壁上的计时器也发出了哔哔的声响。六十秒已经过去了，互动时间也就结束了。工作人员笑眯眯地向他鞠了一躬：“本次体验活动到此结束。如果想再次体验，请持新的中奖奖券重新排队。”

晏清欲哭无泪。

不管怎么说，他也不能真的当场撒泼。他只能委屈巴巴地退到展厅的一个角落，远远地看着。

很快，他就看到了自己心目中那位真正的“人鱼公主”。郁颜就在他的不远处，正在和别的游客近距离互动着。

而晏清只有干看的份儿。

没过多久，郁颜也注意到了他。他一直在死死地盯着她，表情又羡慕又委屈。

郁颜正觉得纳闷，休息时间刚好到了。她回到二楼的平台，才一浮出水面，许姐就抱着一大捧玫瑰花过来了。

“来，这个给你。”许姐笑嘻嘻地把那一大捧玫瑰花塞到了她怀里，“这是晏总送给我的——我一猜他就是送错人了。果然，里面塞的卡片上面写的是你的名字，这花根本就不是送给我的。”

郁颜甩了甩手上的水拿起了卡片，上面只有简短的一句话：“给美丽的郁颜小姐：虽然物以稀为贵，但我还是想给你很多很多的爱。晏清。”

果然是晏清的一贯风格。

“说起来晏总也怪可怜的。”许姐想起了刚刚晏清露出的那副精彩的表情，忍不住偷笑起来，“他排了半天的队，结果还认错了人。”

“何止啊。”旁边有人插话，“为了抽奖券，他都把商品部里的巧克力全搬走了，结果拆了一天也只拆出一张来，还浪费在许姐你身上了。”

郁颜看着卡片，想起晏清刚刚望向自己的表情——羡慕又委屈，还带着一点不甘心。

拆了一天的巧克力却还是和自己擦肩而过，也难怪他会不甘心。

正在郁颜走神的时候，李亨走了进来。他拍了拍手掌，让大家安静下来。

“中奖游客已经全部接待完毕了，活动圆满完成，辛苦大家了。”他宣布。

四周响起了欢呼声。

李亨正在和其他的工作人员交接着后续的工作，郁颜走了过去。

“李经理。”郁颜走到李亨面前，“我想拜托你一件事，可以吗？”

晏清一直在展厅等到了灯光熄灭。

闭馆时间一到，游客就走了个干净。在本馆节省经费意识超强的李经理的带头下，水族馆的灯一向关得很及时。整个大厅里只剩下水族箱里的消毒灯在散发着紫蓝色的柔光。

晏清第一次觉得自己有些狼狈。他紧张兮兮地忙了一天，结果到头来还是一场空。

虽然之前他也不是没想过这个结局……可真等到结局摆到他眼前的时候，他还是觉得有些失望。

他是有血有肉的人——或者说是人鱼，又不是无欲无求的木偶，怎么会甘心自己的付出没有回报。

晏清摸了摸自己的额头，苦笑一下，自己刚才大概真的是一时冲动头脑发热了。

他孤注一掷，宁可燃尽所有，也想跌跌撞撞地闯入她的眼眸。

这样一意孤行的自己，看起来的确是很好笑。

爱情毕竟是两个人的事。不管他再怎么喜欢，再怎么强求，只要郁颜不喜欢他，那就是一场空梦。

而三十天之后，这场空梦就该醒来了。

晏清在一片漆黑之中挪动了步子。他打算回去。

一束光忽然亮了起来。晏清回头，看到其中一个玻璃方缸发出光亮，上面的计时器也开始嘀嘀运作，从第六十秒开始倒计时。

扑通一声，一条“美人鱼”坠入水中。美丽的鱼尾如纱般在水中摇曳着，惊得晏清有一瞬间的失神。

郁颜将自己的手掌贴在了玻璃壁上，向晏清微笑着。

晏清呆愣在了原地。

计时器的红色数字在不断跳动着，晏清终于回过神来。他飞奔到玻璃壁前，头发都变得凌乱起来。

转眼只剩下十几秒的时间。

这是他面对郁颜最手忙脚乱的一次。他的玫瑰花已经没了，原本精心准备好的大段煽情台词也来不及说。他气喘吁吁地跑到郁颜面前，看了郁颜两秒，然后将自己的嘴唇轻轻贴在了玻璃壁上。

如果一切美好的词汇都来不及说出口，我会用亲吻来告诉你，我喜欢你。

计时器上的数字不断地跳动着：6，5，4，3，2，1——

郁颜微笑着贴了上来，在晏清的嘴唇上轻啄了一下。

虽然隔着玻璃，但那的确是一个吻。

晏清湛蓝色的眼睛猛地睁大，不敢置信地看向郁颜。

计时器发出了哔哔的提示音。换气的时间到了，郁颜双腿发力，向水面游去。

晏清愣了愣，接着转身向二楼飞奔而去。

他上气不接下气地来到休息平台，一把推开了门。郁颜也刚刚从水下浮上来，正在用手擦着脸上的水。

“郁颜。”晏清听到自己的声音在发抖。

他确定自己没有看错。郁颜真的亲吻了他，他长久的努力第一次得到了回应。

郁颜回头看了他一眼，两颊滚烫。

晏清深吸几口气，声音仍旧在发颤：“郁颜，我喜欢你。”

原本伶牙俐齿的他，现在却连这句简单的话都说得磕磕巴巴。

他实在是太高兴了，自己一直以来的努力突然有了回应，他又变得紧张了起来。他原以为自己想要的并不多，可是郁颜的亲吻打破了他的克制。他发现自己想要的还有很多。他想要热烈的亲吻，缠绵的拥抱，长久的厮守——如果可以，他想占据郁颜的一切。

在这份极度的渴望之下，所有的赞美和情话都在他脑海里消失得无影无踪。晏清仿佛又变回了十二年前的那条小人鱼，笨拙、腼腆、不善言辞。他鼓足勇气，小心翼翼地问：“那么，你也喜欢我吗？”

郁颜涨红着脸，轻轻地点了一下头。

晏清张了张嘴，露出了灿烂的笑容。他向前跑去，扑通一声就扑进了水里。

他紧紧地抱住郁颜，语无伦次地重复着：“谢谢你。我实在是太高兴了，郁颜，谢谢你喜欢我。”

郁颜觉得自己要喘不上气来了。

晏清终于放开了她，湛蓝的眼眸里满含期待：“那么，郁颜，你愿意嫁给我吗？”

“你休想！”郁颜伸出手来在他的额头上弹了一下，“哪有你那么心急的？结婚是一辈子的大事，我要好好考虑清楚……但是，你可以做我的男朋友。”

“男朋友”这三个字让郁颜脸颊发烫。

“从现在开始，你就是我的男朋友。”郁颜佯装出一副凶巴巴的表情，“你不可以喜欢别的女孩子，不可以跟她们牵手，不可以跟她们拥抱，更不能和她们接吻——因为这些都是属于我的。”

不知道是不是因为告白的台词太过于羞耻，郁颜的声音变得越来越小。

“你也不是不能对别人温柔、对别人好。你可以对别的女孩子绅士，帮她们拧瓶盖，帮她们拿重物，帮她们开门。你的世界里又不是只有我一个女生，这些我都可以理解——但你对别人有一分的温柔，就要对我有十分的温柔，不然我是会吃醋的。”

晏清微笑着向她点头：“好。我会把我最特别、最真心的温柔都留给你。”

“你要好好表现！”郁颜继续说，“你要是能通过试用期，我再考虑给你转正的事情。”从“男朋友”转正成“丈夫”的事情。

晏清不免有些失望：“试用期会很长吗？”

郁颜想了想：“看你的表现喽。”

晏清笑了，伸手抱住了郁颜。

“我会好好表现的。”他轻声请求，“但请你别让我等太久，好吗？”

毕竟，他真的不剩多少时间了。

郁颜发现，晏清自从升级为“男朋友”之后，性格就发生了不少变化。

最明显的一点——他变得十分爱吃醋。

这不是她的错觉。

她和晏清一起去逛街买奶茶，等到付账的时候，店主小哥哥热情地指了指柜台上的二维码：“扫码加我的微信，就能享受八折的优惠哟。”

精打细算如郁颜，自然是对这样的优惠来者不拒。她飞快地加好了店主小哥哥的微信，晏清却一直用抱有敌意的眼神看着店主小哥哥。

很明显，他吃醋了。

这么明显的表情，郁颜自然察觉到了。她喝着奶茶，然后把手机屏幕亮给晏清看：“喏。”

晏清问：“这是什么？”

“刚才那个人的朋友圈啊！你看里面，全是新款奶茶的广告。他加我微信就只是为了打广告而已。”郁颜耐住性子向他解释，“你还真以为我有那么好啊？是个男人就喜欢我？”

晏清佯装皱眉：“对，其实你也没那么好，也就是比其他女孩子更漂亮一点，更温柔一点，更知性一点，更聪明一点，更懂事一点，更大方一点，更谦虚一点，更可爱一点……上天太偏心了，让你一个人集中了千万种优点。”

郁颜被他夸得心花怒放，但还是害羞地搡了他一把：“你少来！就知道说好听的。”

晏清嘿嘿傻笑两声，随即又换上一副委屈的表情：“可是郁颜，你一定要提高警惕啊。你根本不知道自己有多好，我好害怕有别的男人跟我来争夺你。你一定要擦亮眼睛，千万不要掉以轻心！就像是刚才那个人，你给了他加你微信的机会，他就有可能会来找你聊天，送你礼物，请你吃饭，为你捐游泳馆，然后还会趁机不要脸地向你不停地求婚，像块牛皮糖一样，你甩都甩不掉！”

大哥，你说这句话的时候真的不会害臊吗？

“人家真的会吃醋嘛。”晏清竟然肉麻兮兮地撒起了娇，“万一他看到你朋友圈里好看的自拍照，对你起了歹心怎么办？”

郁颜无奈地看了看他：“拜托，我那些自拍照根本没好看到那个地步。”

“谁说没有？”晏清立刻反驳，“每次你发自拍的时候，就到了我换新的手机桌面的时候。郁颜，我觉得你的朋友圈根本不应该叫作朋友圈，而是应该改名叫甜甜圈。”

郁颜听完他一长串的撒娇加赞美，只是吸了一口手里的奶茶，没有说话。

有时候，她还真想看看晏清能把情话说出什么花来。

晏清看了看她，干脆抱了上去：“对不起，我这样你一定觉得很烦人吧。以前我一直以为自己会是个合格的男朋友，能够温柔大方善解人意地对待你。可是我高估我自己了，真正成了你的男朋友之后，我就变成了幼稚又小心眼而且嫉妒心爆棚的讨厌鬼——没办法，我实在是太喜欢你了。在这个世界上我最喜欢你，就算把尾巴弄丢我也愿意。郁颜，请你原谅这样的我，我并没有坏心，我只是笨拙地想把自己所有的喜欢都给你。”

郁颜拍了拍他的后背：“说得不错，继续说。”

晏清察觉到不对劲儿了，他松开郁颜。郁颜一直都是让他少贫嘴，这次居然处变不惊地听他说了这么多肉麻的话。

郁颜仍旧吸着奶茶，还向他扬了扬自己的手机：“继续说啊。我在录音。”

“录音干什么？”

“就是上次那个巧克力厂家啦。”郁颜回答，“上次李经理交的企划案让他们很满意，所以他们就开出了一百块一句的价格向李经理购买文案。李经理让我把你说的话都录下来，卖出来的钱他愿意分我一半——你多说几句啦，发挥你的种族优势，让我多赚几块钱嘛。”

晏清愤恨地想，回去他非要找个借口扣李享的奖金不可。

等到约会完，时间已经不早了。

一进家门，晏清就催促着郁颜赶紧去休息：“你快去睡觉——”

正在脱外套的郁颜还没来得及多想，晏清就立马强调：“我说的睡觉，就是单纯指休息的意思，绝对没有其他的暗示或者企图。”

原本她还真的没多想。

“但是……”

晏清扭捏了一阵：“既然都是男女朋友了，那睡在一张床上也是很正常的事情吧？”

郁颜伸出手来在晏清额头上弹了一下：“你想都不要想！少得寸进尺。”

晏清委屈地撇了撇嘴：“这还不都要怪你。你要是长得不好看，我还能和你一起吃饭聊天看电视。可是你长得实在是太好看了，我只想和你一起睡觉。”

郁颜被他一句话闹出个大红脸，扯着浴巾就跑进了浴室。

她舒舒服服地泡好了澡，又舒舒服服地躺在了床上。她刚摆好架势准备玩手机，房间的门却被推开了。

门缝里出现了晏清可怜巴巴的眼神："我想在这个房间里睡觉。"

郁颜觉得好气又好笑："都告诉你了，不可以！"

"凭什么。"晏清干脆推门进来，理直气壮地跟她讲起了道理，"原本这里就是我的。我的房间，我的床，我的枕头，我的被子，我的女朋友，我为什么不能在这里睡。"

"好好好，你有理。"郁颜掀开被子就要下床，"我去隔壁房间睡。"

晏清干脆笑嘻嘻地爬了上来，把郁颜按回了被窝，又撒娇似的把自己的头窝在郁颜的肩颈处轻轻磨蹭着："不嘛，你也留在这里。"

郁颜发觉自己以前还真是小看晏清了，她怎么没发觉晏清还有这么能耍赖的一面。

你跟他耍流氓，他跟你讲道理。你跟他讲道理，他又跟你耍流氓。

"我什么都不会做的。"晏清可怜兮兮地央求着郁颜，"我只是想牵着你的手睡觉。"

他轻轻拉起了郁颜的手，然后将它紧紧地扣在了自己的手上。

"就像是这样。"

晏清笑得像个天真无邪的孩子。如果让不知情的人看见了，还真会以为他全无目的。

郁颜被他磨得没了脾气，只能红着脸答应："好好好，今晚你就睡在这里吧。"

晏清得了应允，立马满心欢喜地躺在郁颜身侧。可他抓着郁颜的手还不满足，又侧着身子紧紧地盯着郁颜看。

郁颜被他看得浑身不自在：“你又怎么了？”

“郁颜，你可真好看。”晏清的脸上又浮现出痴迷的表情，“多看你一眼就会心软，牵起你的手就会沦陷。”

郁颜反问：“你在别人面前也是这么能说会道八面玲珑的吗？”

“八面玲珑太累了。”晏清认真回答，“我只想讨好你。”

趁着郁颜脸红，晏清又开始趁热打铁：“郁颜，嫁给我好不好？”

郁颜想都没想：“不行。”

“为什么？”

“未来那么漫长，我没有把握你能喜欢我一辈子。”郁颜也开始认真起来，“你现在喜欢我，那么十年后呢？二十年后呢？五十年后呢？如果我不再年轻了，也不再漂亮了，你还会喜欢我吗？”

“你为什么会担心这个问题呢？你就算老了，一定也很可爱。而且，如果你老了十岁，那么我也会老十岁，月亮也会老十岁，世界也会老十岁——我会和世界一起陪着你变老。在此期间，我对你的爱只会增加，不会减少。”晏清说着，露出了一副自豪的表情，“不是我吹牛，郁颜，我都想给自己颁一个最佳进步奖。毕竟，我每天都会比昨天更爱你一点。”

“行了，别贫嘴了。”郁颜害臊了，“快转过去睡觉。”

晏清扭了一阵：“我就要这么睡。”

“可是我听老刘说侧着睡对心脏不好哟，会压迫到心脏的。”郁颜好心提醒他。

“无论用什么姿势睡觉都压不到我的心。”晏清轻声说，“因为它在你这边。”

他轻轻靠了过来，在郁颜的额头上落了一个吻。

“晚安，我的人鱼公主。”

晏清关了灯，心满意足地闭上了眼睛。他的手还牵着郁颜。

郁颜哪里睡得着。她瞪着自己的眼睛看着天花板上早已熄灭了的吊灯，听见身边躺着的晏清开始发出缓慢匀称的呼吸声。

等一下，他睡着了？

费了那么多的口舌，说了那么多的好话，好不容易爬到了床上，结果还真就是为了牵手？

开什么玩笑！就算自己不算是倾城倾国闭月羞花，可好歹也是个妙龄少女。和妙龄少女躺在同一张床上，居然说睡着就能睡着？

那你们人鱼族的成年男子还真是容易满足啊！

郁颜哭笑不得，也侧了侧自己的身体，想看看晏清究竟有没有睡着。

他真的睡着了，长长的睫毛垂在眼睑，显得那样听话乖巧。

郁颜看着他的睡颜突然笑了。她伸出没被晏清抓住的那只手，轻轻碰了碰他额前的碎发。

有的时候，她真的想过，晏清应该遇到一个比自己更好的女孩子。可是当她喜欢他的时候，她却觉得自己也是值得喜欢的。

晏清就像是一面镜子。诚然，她平凡普通，他光芒万丈。可当她走近他时，就能从他满含爱意的眼睛里看到自己的美好之处。

她在他的注视中，逐渐变成了一个更好的人。

# 第十章

## 海底女巫的赌注

*Ni Yibai*
*Chaoxi Weitian*

李享握着水果刀，开始削苹果。

一位中年女性斜靠在他身旁的病床上，手背上还扎着一根输液针。

“你说我死之前还能不能看见你结婚啊？”她虽然只能躺在病床上，可说起话来还是中气十足。

李享无奈地抬起头来看了她一眼：“妈，您能不能说点吉利的？”

“别家的小子到你这个岁数早就结婚了，跟你从小一起玩到大的那几个连孩子都有了，结果你到现在连个女朋友都没有。”李妈妈向他的方向侧了侧身子，露出一副八卦的表情，“儿子，你实话跟妈说，你是不是不喜欢女的？你放心，妈虽然岁数不小，但是思想也是很开放的。”

李享把削好的苹果塞到了他妈嘴里：“妈，您吃苹果。”

李妈妈咬了一大口苹果嚼了起来：“还是说你有什么隐疾没告诉妈？”

“妈！”李享被她气笑了，“您能不能盼着我好？”

“那就奇了怪了。”李妈妈又啃了一口苹果，“你喜欢女孩子，又身体健康，怎么连个喜欢的人都没有？”

“怎么没有——”

一句没经大脑的话脱口而出，李享立刻就后悔了。

果不其然，李妈妈的眼睛瞬间开始发光发亮：“哟，我们家小享有喜欢的人啦？”

李享想起了一个蓝色的身影，闹了个大红脸。

他这么一副反应，没有回答也算是已经回答了。

“你喜欢的人是个什么样的姑娘啊？”

“很……很漂亮。”李享扭捏着回答。

李妈妈也兴奋得不得了，连忙追问：“还有呢？”

李享认真想了半天，也没憋出一个词。

他有心想用几个褒义词夸奖一下朝夕，可他满脑子都是朝夕恶作剧时脸上浮现出的坏笑。

李妈妈觉得纳闷：“这姑娘总不能就漂亮一个优点吧？”

除了漂亮，她好像剩下的还真的全都是缺点。

“不好意思说的话妈也不难为你了。”李妈妈只以为李享这是在害羞，“那个姑娘是做什么工作的？”

要是实话实说是海底女巫，妈妈搞不好会被吓死。

“这有什么不好意思说的。”李妈妈问，“难不成是无业游民？”

“差不多吧。”反正跟人到处打赌的海底女巫也不算是什么正当职业。

“行，反正我儿子有出息，是水族馆的总经理。”李妈妈大大咧咧地拍了一下李享的大腿，“就算是人家姑娘在家做全职太太我儿子也养得起。”

李享只好干笑。

李妈妈感慨良多地叹了口气："那你打算什么时候把姑娘带回来给妈看看啊？"

李享把手伸向装着苹果的塑料袋："妈，要不然我再给您削个苹果吧。"

开玩笑，他要是真把朝夕带过来，她保不齐又会说一堆"我之前做过变性手术但是不用担心手术很成功我现在已经是五个孩子的妈了"之类的鬼话。

"你这个孩子。"李妈妈开始埋怨他，"跟妈还有什么不好意思的？"

"我还没想好要不要去追她。"李享小声回答。

如果说人鱼和人类的恋爱是天方夜谭，那么人类和海底女巫的恋爱也好不到哪里去。

李妈妈盯着他，突然叹了口气："小享啊，你是觉得我会嫌弃这个姑娘，是不是？"

知子莫如母，妈妈一下子就说中了李享的心事。李享抬起头来，看到母亲正微笑着看着自己："你是不是喜欢了一个浑身都是缺点的女孩子？"

李享转过头去看着床头柜上的苹果，没作声。

"喜欢就去追吧。"李妈妈开口，"如果你明知道她有那么多缺点，却还是说服不了自己不再喜欢她，那你就是真的爱她。"

李享抬起头，看向妈妈。

"其实妈妈也不是非要你结婚生子不可。婚姻本就是人们追求幸福的产物，婚姻是幸福的结果，而不是幸福的原因。所以不必本末倒置，为了结婚而去结婚。可是能遇到自己真正喜欢的人原本就是可遇不可求的小概率事件。这个世界上的人那么多，能够遇到自己喜欢的人是件很幸运的事情——正如我遇到了你的父亲。”

提起亡夫，李妈妈的语气变得柔和起来。她的性格一直是大大咧咧的，可是当她想起了自己喜欢的人，她就又变成了害羞的少女。

毕竟，“喜欢你”是一种温柔的心情。

“当爱情来临的时候，你可以一路小跑着去迎接它，也可以留在原地等待它，但你不能背过身去找个地方躲着它啊。”李妈妈握住了李享的手，“加油吧儿子，祝愿你能和自己喜欢的姑娘在一起。”

病房的门被推开，护士小姐走了进来：“探视时间结束了，让病人好好休息吧。”

李享点了点头，和妈妈告别后走出了病房。

他刚要离开，护士小姐却叫住了他：“李先生，您母亲的主治医师想和您单独谈谈。”

李享一怔，顺从地随着护士小姐的指引来到了医生的办公室。

单独约谈病人家属，这往往意味着病人的情况不容乐观。果然，李享刚刚坐下，医生就向他抱歉地笑了笑。

“您母亲的病情并不乐观。”

一句话就能宣判一个人的生死。

医生继续说：“您的母亲一直都保持着乐观的心态。这很好，正是因为她一直保持着乐观的心态，病情才能控制得这么稳定——老实说，这甚至超出了我的意料。”

言外之意，她已经从死神手中侥幸偷走了太多的时间。

“但从这次的检查情况来看，她最终还是走到了这一步。”医生将检查结果递给李享，“心态毕竟只是影响病情的其中一个因素，它也许能使病情恶化放缓，却不能使它停止。看得出您是个很有孝心的孩子，也很舍得为自己的母亲花钱看病。但这真的不是钱能改变的事情。按照目前的情况来看，继续治疗的意义已经不大了。出于对患者家属负责的角度，我建议您可以停止治疗了——在病人最后的时光里陪她做完她还没来得及做却一直想做的事，比让她在病床上躺着更有意义。”

李享看到自己接过检查报告的手在发抖：“她才不到五十岁……”

人生百年，她才刚走过一半。

“我很理解您的心情。”医生耐心劝导他，“可您之前也说了，您是欠了别人一大笔钱才能支付得起高昂的治疗费的。即便不为您母亲着想，我也希望您能为自己着想——您还年轻，未来还有很长的路要走，不能把自己的一辈子都绑在还债上，何况现在继续治疗的确已经失去意义了，除非有奇迹发生，否则……”

“请您再给我一个月的时间。”李享突然打断了医生，他眼圈发红，却强忍着不让自己流出泪来，“请您再辛苦一个月，只要一个月就好。也许在一个月之内，真的能发生奇迹。”

李享心知肚明，他所谓的“奇迹”，只不过是寄希望于自己和朝夕打过的那个赌而已。

海底女巫拥有神奇的力量，他丝毫不怀疑朝夕有本事能治好自己母亲的病。现在的问题是，他该如何赢得赌局。

“就打赌我能不能找到真命天子吧——”他和朝夕打了这样的赌。

他帮朝夕找了很多个相亲对象，全部以失败告终。

可是在这个让人觉得倍感煎熬的过程中，他却在不知不觉中喜欢上了朝夕。连他自己也没想到，自己这棵万年没有萌过芽的老树，居然对着一个满身毛病的女人开了花。

李享叹了口气，走出医院的大门。

时间已经不早了，天空被夜幕笼盖住。李享犹豫了一阵，决定去找一个小酒馆喝上两杯。

他明知借酒消愁是懦夫所为，可当满腔郁闷无处可说的时候，他又想不出其他更好的办法。

老实说，他之前的二十多年过得实在是太安逸了。他没有经历过大风大浪，突然遭遇了这种变故，他除了硬扛之外别无他法。

小酒馆的老板很快就把烧酒端上了桌。李享给自己倒了一杯，灌了下去。

他之前极少喝酒，烧酒这样的烈性酒更是从来没沾过。看似清冽的液体却拥有着出乎意料的辛辣，一路烧心挠肺地漫过食管，让他下意识地皱紧了眉头。

没喝过酒却硬要喝，下场十有八九是会烂醉如泥。

到了深夜，小酒馆也该打烊了。老板收拾完了其他的桌子，又走到李享的旁边：“这位客人，我们要关门了。”

正趴在桌面上的李享摇摇晃晃地抬起头来，看了一眼老板：“哦，我这就走。”

他醉醺醺地扶着墙，作势要往外走。老板立刻拦住了他：“客人，你还没给钱呢！”

“钱？我没有钱！你看我穿得光鲜亮丽的，别人都叫我李经理，我是不是很像一个有钱人？我偷偷告诉你，其实我一毛钱都没有。我的衣服是晏清给我买的，车子也是晏清借给我的。我现在还欠着晏清的钱，欠了好多好多好多钱，我自己都算不清。”李亨嘟囔着，在自己的口袋里翻了半天，把自己的手机掏了出来。

“整个钱包都给你。”李亨把手机往桌子上一拍，还不忘豪迈地挥挥手，“多出来的不用找了！”

老板见惯了这样的醉鬼，一把就将他扯了回来：“就这么回去你是想冻死在路上啊？你等着，我打电话叫你朋友来接你。”

李亨嘿嘿地傻笑着，眼睁睁地看着小酒馆老板拽着他的手指头解开了手机的指纹锁。

老板翻了翻通话记录，看见最近一个和他通话的是一个备注叫“老巫婆”的人。

看通话记录，两人打电话的频率还挺高。老板想了想，直接拨通了这个电话。

“喂？”电话倒是很快就接通了，朝夕笑嘻嘻地问，“你是不是想通了决定认输了？”

“你好。”老板有礼貌地问，“请问是‘老巫婆’吗？”

“……”

“这个手机的主人是这么备注的。”

“……”

“你们是朋友吧？”老板又问。

“谁跟他是朋友！老娘没有这样的朋友！”

朝夕咬牙切齿地想挂断电话，又听到老板说：“你朋友在我店里喝醉了，你过来接一下呗。”

老板说着把自家店铺的地址报了出来，朝夕没好气地说：“谁要去接他啊？”

这人平时看着胆子不大，居然给自己起名叫老巫婆？她非得报复回来不可！

电话那头的老板叹了口气：“你要是不愿意来接我可就把他扔出去了啊。天寒地冻的，要是冻死了你可别让我赔。”

朝夕恨恨地磨了磨牙：“你等着，我这就过去！”

“顺便再带点钱啊。”老板不忘叮嘱，“你朋友喝了酒还没给钱呢。”

“知道了！”

小酒馆老板刚挂了电话，就听到店门被推开的声音。

“不好意思我们打烊了——”

“我是来接人的。”一身蓝衣的女人怒气冲冲地走了过来，往柜台上拍了两张钞票后就架起了李享，“钱给你，人我带走了。”

“嚯，这么快。”老板乐了，“小姐正好在附近散步啊？”

心思单纯的老板根本没往“瞬间移动”上想，朝夕也懒得跟他编瞎话多解释，拽着李享就走了出去。

门一推开，迎面就是凛冽的寒风。李享被冻得一激灵，下意识地缩了缩脖子。这才意识到自己正被人搀扶着，他茫然地抬头看了看，然后露出笑嘻嘻的表情：“是你啊，朝夕。”

“我不是朝夕。”朝夕没好气地说，“我是老巫婆。”

“海底女巫”和“老巫婆”这两个词里虽然都有一个“巫”字，但是是有本质区别的好嘛！“老巫婆”这三个字里除了“巫”之外没有一个字是她乐意听的。

她是“老”，还是“婆”？

朝夕恨得牙痒痒，恨不得直接把李享给生吞活剥了。

“朝夕，我告诉你一个秘密哟。”喝醉了的李享彻底放飞了自我，他伏在朝夕耳边，呼出的温热气息让朝夕觉得发痒，“我今天穿的是豹纹的内裤哟。”

朝夕根本不想跟一个醉鬼多说话：“你要是再说疯话，我就把你扔在雪地里了。”

“我以前从来不穿豹纹内裤的，我觉得豹纹很丑，特别丑。”李享像是根本没听到朝夕的警告一样，继续自言自语，“可是为什么我把内裤都换成豹纹的了呢？因为你喜欢。所以就算是丑，我也愿意穿。”

其实李享偶尔也会觉得晏清好笑。晏清为郁颜做过那么多事情，其中不乏有很多可笑又幼稚的事，可等事情发生在自己身上时，他才发觉这一点都不好笑。

他原以为晏清只是一个傻子，到头来却发现晏清原来是自己的镜子。他也愿意为自己喜欢的她做很多很多的傻事。

朝夕拉扯的动作停滞了一下："你是真喝多了吧？"

李享只是傻笑着往她怀里钻。

朝夕无奈地拉开了李享车的车门，把他丢在了副驾驶座上，自己坐上了驾驶座。

车里吹着暖风，李享很快就觉得热了，懒洋洋地躺在座椅上开始拉扯着自己的衣服。不会开车的朝夕对着车子研究了一阵，还是没理出来个头绪。她回头想问问李享车怎么开，却看到李享正在解自己的纽扣。

"喂。"朝夕呵斥他，"我警告你，你可别趁着发酒疯耍流氓啊。"

虽然她是很喜欢调戏别人不错，可是被别人调戏那就是另一种情况了。喝醉了的李享和平常判若两人，就冲他现在到处跟别人嚷嚷自己穿了什么内裤的情况，她就觉得自己还是小心为妙。

"我不耍流氓。"李享含混不清地说着，又把手伸向了自己的领带，试图把它解下来，"我就是热。"

他拽着自己的领带又拉又扯，看得朝夕心惊胆战，生怕他一个手劲儿过猛把自己给勒死，伸手拍了一下他的手背："你别拽了！多条领带也热不死你。"

没想到李享摸索一阵，还真把领带解下来了。他笑嘻嘻地把领带举到朝夕眼前晃了晃："我这个领带是假的，不用打结也不用解，拉链一拉就和真的一样，没想到吧？"

朝夕呵呵干笑两声："没想到。"

"我再告诉你一个秘密。"李享又恬不知耻地凑了上来，伸着头往朝夕怀里钻，"我根本不会打领带。惊不惊喜？意不意外？大家都说李经理精明能干，可其实他连打领带都学不会。李享就是个没有自理能力的蠢货。第一天下班，他就把西装脱下来泡在水里给洗了。等他把衣服从水里捞出来，整套衣服都毁了。他根本不知道西装只能干洗，而且他的妈妈在医院里，没人告诉过他这些。”

朝夕原本想粗暴地把他推回去，可听到最后一句的时候，又忍不住停了手。

李享的语气很难过，他应该是在为妈妈担忧。在一瞬间，朝夕甚至开始怀疑自己以他的妈妈为价码哄骗他跟自己打赌是不是太卑鄙了。

可是喝醉的人是很容易忘事的，李享转眼就把忧伤抛到了脑后，又开始傻笑：“嘿嘿，朝夕，你真好看。”

“用你废话？”朝夕瞪他一眼，“老娘当然知道自己漂亮。”

李享看着她，伸出手来想摸她的脸。他的手晃来晃去，轻轻地碰到了朝夕的眼镜。朝夕推了他一下：“去！别碰我的眼镜！”

李享仍旧目不转睛地看着她：“你真好看。朝夕，从我第一次见到你，就觉得你很好看。”

朝夕还没来得及高兴，李享就又嘿嘿傻笑起来：“但是你除了好看就没有别的优点了。”

朝夕被他气笑了，她现在还真想看看他能趁着喝醉说出多少实话来。

果不其然，李享伸出手指头来边掰边数落：“你心眼坏，脾气差，而且超级恐怖……你知不知道，刚认识你的那阵子，我差点要被你吓死。要不是大男人哭鼻子太难看，我早就被你吓哭了。你就跟小时候我妈给我讲的故事里的可怕的老巫婆一模一样。”

“嗯，对。我心眼坏，脾气差，而且特别恐怖像是老巫婆。”朝夕开启了记仇模式，“还有呢？”

他数落出多少条，她就要报复多少次。

“还有小心眼，喜欢记仇。”李享继续认真地回想。

“嗯，还有呢？”

“你还没有自知之明。”李享还在数落，“我介绍给你的那些男人，哪个都比你强。”

“还有呢？”

“你贪婪。”

“还有呢？”

“你虚伪。”

“还有呢？”

“你自私。”

“还有呢？”

“世界上的缺点你全占了。”李享哈哈大笑，“你就只有漂亮这一个优点。”

朝夕现在很想直接把他扔到雪地里冻死算了。

“可是……”李享望着她的眼睛，“可是就算我明知道你有这么多缺点，我却仍然无法说服自己不去喜欢你。”

一句话让朝夕愣住了。

“我自己都想不明白，你到底有什么好。可是喜欢是毫无道理的，就算你哪里都不好，但你仍旧谁都取代不了。”

李享继续说着：“你记不记得，当时我们两个打赌的时候，我曾经对你说过这样一句话。我说：‘朝夕小姐，我衷心祝愿你能找到真正爱你的那个人。希望他能容忍你所有的任性和小脾气，希望他看你时眼神温柔，希望他愿意陪你做很多事，说很多话，走很多路——’现在，我还希望这个人是我。”

他直直地盯着朝夕的眼睛。

几秒钟后，他忽然抱紧了已经木然的朝夕，声音颤抖着：“朝夕，这个人，可以是我吗？你的真命天子，可以是我吗？”

李享是在第二天早上被冻醒的。

一夜不停的暖风让车子的蓄电池没了电，寒气透过缝隙跑进了车里。睡得四仰八叉的李享哆嗦了一下，揉着昏昏沉沉的额头醒来。

玻璃前窗已经被积雪覆盖住了，薄薄的一层雪遮盖不住朝阳的光辉，散发出微弱的光。李享嗅着自己浑身的酒气，大脑一片空白。

他完全不记得昨天晚上发生过什么。

在确认过蓄电池里的电已经完全被耗尽、连发动车子都成了问题之后，李享拨通了保险救援的电话，然后走下车来，开始确认自己的位置。

这里还是昨天自己停车的地方，小酒馆的门口。

李享挂断了电话，开始去擦车前窗上的积雪。

小酒馆的老板也走了出来，准备开张：“哟，你在车上睡了一晚上啊？怎么，你女朋友没把你送回家？”

李享丈二和尚摸不着头脑：“女朋友？我哪来的女朋友？”

“就是我昨天打电话叫来的那个。”老板是个直性子，“老巫婆。”

李享的心里隐隐有了不好的预感：“你是这么叫她的？她那么小气的人没吃了你？”

“我觉得她比较想吃了你。”老板诚实回答，“毕竟在手机上这么给她备注的是你。”

李享瞬间被吓得吞了一口口水。他怎么也没想到，自己给她的备注会有一天被她撞破。

“她……”李享紧张了，“她看起来生气了吗？”

“看起来挺生气的。”老板说，“我还以为你们是小情侣呢，搞了半天不是。那你还对人家搂搂抱抱的，我要是人家小姑娘我也生气。”

昨天晚上他到底都做了些什么啊！

“昨天晚上你喝醉了，我给你那个朋友打了电话，她就过来接你了。”老板指了指自己的店门口，“她从我的店里把你架了出来，然后把你送到了车上。我不放心，还站在店门口看了一阵。我看你嬉皮笑脸的，想摸人家的脸，让人打了一巴掌。然后你又把人家抱住了。”

虽然他不记得自己做了什么，可是根据目击证人的描述，怎么听都是他在耍流氓。

“然后呢？”

“然后我就没好意思继续看了。”老板憨厚一笑，“我就关门回去睡觉了。”

李享觉得自己的腿久违地又开始发抖。这是一种直击灵魂的恐惧。他似乎已经看到朝夕震怒后恐怖的笑容了。

整整一天，李享都魂不守舍。

诚如他所说，朝夕这个人，除了漂亮之外全都是缺点。其中之一，就是小心眼。

如果不出自己所料，昨晚自己应该是把她彻底得罪了。像这种锱铢必较睚眦必报的人物，肯定会日后报复回来。

李享一整天都捏着自己的手机。他对着通讯录犹豫了几十次，到底还是没有勇气拨通电话。

短信他也不是没考虑过，可是一条道歉短信又修又改，最后还是被他丢进了垃圾箱，彻底删除。

害怕极了，他只能去找晏清商量："老板，我问你一件事。"

"说。"

"海底女巫记仇吗？"

"这是什么鬼问题。"晏清回，"海底女巫不记仇就不叫海底女巫了。"

"……"

晏清这才反应过来："你不会是得罪了朝夕吧？"

李享变得有些结巴："如果，我是说如果，我得罪了她，她会对我怎么样？"

毕竟昨天晚上自己有没有非礼她，连他自己也拿不准。

"轻则被她捉弄，重则被她追杀，看你程度轻重了。"晏清说，"别那么紧张，你啊，就是太害怕她了。海底女巫也不是不讲道理，你要是无心的她会原谅你的。你怎么得罪她的？”

“给她起外号。”李享老实回答，“还被她发现了。”

“要是可爱点的外号还是能跟她解释的。你给她起了什么外号？”

“老巫婆。”

晏清的表情瞬间变了：“我觉得这三个字里至少有两个字是她不爱听的。”

“我可能还……我是说可能！”李享的声音越来越小，“我可能昨天晚上喝醉了之后非礼了她。”

晏清关切地对他说：“要不然我给你买张机票你出去躲几天吧。大家都是独生子女，一定要珍惜自己宝贵的生命。”

连晏清都这么说了，李享觉得自己死定了。

下班之后，李享照常去医院看望自己的妈妈。

他来到病房，刚推开门：“妈——”

一声“妈”噎在了喉咙里，李享的笑容僵在了脸上。

因为他看到了一个蓝色的背影。

这个背影他太熟悉了，他紧张得两腿发软。

朝夕正和李妈妈有说有笑地说着什么，两人相谈甚欢。

听到门开的声音，朝夕回了头，笑容可掬地向他问好：“你来啦？”

李享的冷汗都下来了。

“愣着干什么，快过来啊！”李妈妈笑得合不拢嘴，向他招了招手，“昨天我让你带女朋友回家你还不带，害人家朝夕自己跑了一趟！”

李享这才看到妈妈的另一只手正紧紧地抓着朝夕，一脸生怕这么好的姑娘跑了的表情。

“阿姨您别怪他。”一向飞扬跋扈的朝夕竟然摆出一副娇羞的姿态，“李享他是事业型的男人，有事业心，工作忙很正常，这我理解。”

李享神情复杂地看了她一眼。

这个看起来十分温良贤淑的女人是谁？朝夕吗？她什么时候成了自己的女朋友？她来这里想干什么？难不成这也是她报复计划中的一环？

正在他胡思乱想的时候，李妈妈又开始呵斥他：“快去给人家姑娘倒水！”

朝夕连忙起身：“这种事我来就好。”

一把脸转向朝夕，李妈妈就换了一副表情：“怎么能麻烦你呢！”

“阿姨，您就给我个机会嘛。”朝夕向她眨了眨眼睛，“我想在您面前好好表现一下。”

这样乖巧又机灵的儿媳妇谁不喜欢？李妈妈的脸上乐开了花。朝夕也拿着暖水瓶从李享身边走了出去，还意味深长地看了他一眼。

李享被她看得毛骨悚然。

朝夕一出门，他就扑到妈妈的病床旁：“妈，她没说什么奇怪的话吧？”

“人家姑娘什么都跟我说了。”李妈妈会错了意，开始嗔怪李享，“你还跟我说人家姑娘是无业游民，我还真以为是个没上进心的穷姑娘呢。结果你看看人家给我带来的礼物，都是值钱的牌子货！富家小姐你就直说是富家小姐，人家富家小姐就算不上班也比你有钱！你骗妈是无业游民有意思吗？”

“妈……”

“你还说人家一身的臭毛病。”看样子，李妈妈已经完全被朝夕收买了，“妈还真担心了半天呢！结果看见真人妈才反应过来，妈是让你这个臭小子耍了。人家朝夕，性格也好，修养也好，谈吐也好，还戴着一副眼镜，一看就是文化人。”

“停停停，妈你先别说了。”李亨一巴掌拍上了自己的额头，“我有点头晕。”

“你头晕？妈还头晕呢！”李妈妈继续不依不饶地教训他，“妈怎么就生出你这么个孬种，让人家怀了孕都不敢告诉家里，还要害人家姑娘主动上门！”

李亨呆若木鸡：“哈？”

“朝夕都跟我说了。”李妈妈压低了声音，“她有了。”

这家伙到底在策划什么阴谋？

“男人要有担当，是咱的咱就得负责！”李妈妈开始苦口婆心地劝说，“儿子，缺德事咱可不能干啊。”

李亨实在是受不了了，大步向门外走去。

朝夕正笑眯眯地站在走廊的窗户前，还冲他招了招手。暖水瓶就放在窗台上，很明显，出来打水并不是她的真正目的。

李亨一时间不知道是该先问她刚才的事，还是先问她昨晚的事：“刚才我妈说……算了，这不重要。昨天晚上……”

“你说的这两件事其实是一回事哟。”朝夕坏笑起来，“你该不会真打算不负责任吧？”

李亨一愣。

“昨天晚上人家好心想送你回家，结果在车上你就对人家动手动脚，还……”朝夕的两颊突然浮现出可疑的红晕，“人家就有了。”

李亨顿觉晴天霹雳：“不……不可能！哪有那么快！”

朝夕一本正经地开口：“我是海底女巫，跟你们人类当然不一样。我们海底女巫，怀上宝宝后，一个月就生，一窝生十个，生完还能生。李亨，你要努力赚奶粉钱了哟。”

李亨仍旧呆若木鸡。

“李亨，你该不会是不想承认吧？”朝夕突然哭丧着脸摸起了自己的肚子，摆出一副被人抛弃的怨妇姿态，“崽崽们，你们的爸爸太不是东西了，有胆子做没胆子承认。”

李亨的下巴都快掉下来了。他踉跄着往后退了一步，靠在了墙上，一句话都没说出口。他现在的表情，要比之前任何一次都要震惊。

“好了，我不吓你了。这只是一场恶作剧。”朝夕忽然换回了平常的表情，“刚刚我是故意吓唬你的。你是不是有种松了口气的感觉？”

李亨有点反应不过来了：“啥？”

“你还记得昨天晚上发生了什么吗？”朝夕突然问。

李亨立刻把头摇成了拨浪鼓：“不记得了，我真的什么都不记得了。”

“我知道你不记得了。”朝夕说，“昨天晚上你向我表白了。”

李亨愣了。

“你是第一个喜欢上海底女巫的人。你说得没错，海底女巫除了脸蛋好看之外一无是处，我们自私、贪婪、虚伪、狡诈，是所有缺点的集合。所以没有人喜欢我们，连愿意靠近我们的人都没有。所以我才故意跟你打了这个赌，因为我原本以为，自己一辈子都找不到真正喜欢我的那个人。我还以为，这是一个我怎么都不会输的赌局。”

朝夕顿了顿，继续说：“李享，你昨天晚上被酒冲昏了头脑，那么现在呢？现在你看到了自己脑海中的幻想变成了现实，我成了你的妻子，你孩子的母亲，你又是怎样的反应呢？你惊慌失措，因为你根本没有想好。你也许想过要和我谈恋爱，可你根本没想过要和我携手一生。在这里，我要跟你强调一点。海底女巫的众多缺点里，有一条是‘固执’。在你们人类的语言里，这个词语还有另外一个名字，叫‘忠贞’。一旦你和我在一起，就再也没有后悔的余地。所以我大发慈悲，留给你充足的时间去考虑。希望你考虑清楚，海底女巫毕竟是海底女巫，性格差、心眼坏、个性贪婪、好胜心强——这不只是说说而已。你很快就会再次见识到。”

朝夕转过身子，说了最后一句：“希望你考虑清楚，再告诉我一个明确的答复。”

# 第十一章

## 我可以摸摸你的尾巴吗

Ni Yilai
Chaoxi Weitian

每到月圆之夜，晏清的双腿就会重新变成鱼尾。

又是一个月圆之夜。晏清的双腿变回覆满鳞片的鱼尾，只能老老实实地泡在浴缸里。

不过不同于之前的是，这一次，郁颜陪在他的身边。

现在她总算是知道晏清把浴缸建得像泳池一样大是什么用意了。晏清的人类姿态已经够高挑了，变回人鱼之后那条鱼尾要比他的双腿还要长出不少。如果是普通的浴缸根本容不下他。

郁颜特意搬了个小板凳过来，趴在浴缸的边缘看着晏清。

有一条美男鱼做自己的男朋友，这种体验也算是绝无仅有了。

郁颜托着腮看着，有种心满意足的感觉。

自己的男朋友再怎么看也算不上过分。她的视线顺着晏清的胸肌向下看去，目光划过小腹，一直到达线条优美的人鱼线。那里生着许多小而细密的鱼鳞，和上半身裸露着的皮肤浑然接成一体。

晏清的尾巴和他的脸一样好看。鱼尾被鳞片覆盖着，闪耀着奇异的光泽。尾鳍更是又宽又大，还在水中轻轻地摆动着，带动着水波一摇一晃。

向喜欢的人摇尾巴，可不仅仅是小狗的专利。

郁颜一个侧头，就看到晏清那双湛蓝色的眼睛正望向自己。

“你喜欢我的尾巴吗？”晏清微笑着问她。

郁颜咽了一口口水，问：“我可以摸一下你的尾巴吗？”

哪怕已经过去了十二年，她仍旧对人鱼的鱼尾带有极大的好奇心。

那条漂亮的鱼尾巴……好像手感很好的样子。

晏清脸上的笑意更深了：“可以呀。如果是你的话，我愿意让你摸。”

得到应允之后，郁颜伸出手来轻轻地碰了碰水面下的那条鱼尾。

凉凉的，滑滑的，是很奇特的触感。

郁颜正摸得起劲儿，晏清突然又问：“郁颜，你知道我们人鱼都是怎么求偶的吗？”

“哎？”郁颜来了兴趣，“你们人鱼是怎么求偶的？”

“如果一条人鱼喜欢上了另一条人鱼，就会去用手试探着触碰心仪对象的尾巴。”

听到这里，郁颜的脸突然就红了，飞快地把手收了回来。

人鱼的求偶方式居然是摸对方的尾巴？那么现在她的行为和直白地对晏清说“我喜欢你”有什么区别？

“如果对方恰好也喜欢这条人鱼，就会允许他触碰自己的尾巴。”晏清继续说，“尾巴对我们来说很重要，是不能随意给别人触碰的。”

郁颜张了张嘴，脸色通红。

“郁颜，你还记得吗？”晏清趴在浴缸边缘，和郁颜对视，“早在十二年前，我就同意你触碰我的尾巴了。那个时候，我就已经喜欢上你了。”

“我我我……”郁颜结巴起来，慌乱地站起身，“水冷了，我帮你再放点热水。”

晏清知道她是害羞了，也不再故意难为她，只是微笑着点了点头。

浴缸毕竟是浴缸，就算面积再大，深度也只有浅浅的几十厘米。为了让自己尽可能地浸泡在水中，晏清特意将浴缸放满了水，满到几乎都要溢出来了。如果想往这么满的浴缸里加新的热水，那就只能先把里面的水放掉一部分。

郁颜拔了浴缸的塞子，咕嘟咕嘟地放走了半缸水。她拧开水龙头，却发现一件非常尴尬的事情。

好像……停水了。

她手忙脚乱地把所有的水龙头都拧了一遍，可一滴水都没流出来。郁颜慌了神，现在的晏清已经变回了人鱼，如果没有水的滋润，他马上就要变成鱼干了。

半缸水的水位实在是低得可怜，晏清的鱼尾只能有一半泡在水面以下。郁颜急得要哭，晏清连忙安慰她：“没事没事，我没事的，你不用那么紧张……可以麻烦你去厨房帮我拿个水舀过来吗？”

郁颜闻言立即跑进了厨房，把水舀拿了过来。晏清把水舀伸到水面以下，舀起一瓢瓢的水开始往自己的鱼尾巴上浇。

只有这样，才能保证鱼尾一直都处于湿润的状态。

良心不安的郁颜见到这幅场景，立刻开始献殷勤，想要将功折罪：“我来吧我来吧。”她不由分说，把水舀抢到了自己的手里，开始往晏清的鱼尾上浇水。

“这样很累吧，手很容易就酸掉了。”晏清心疼她，“还是我来吧。”

“我可是体育生，你以为我的体力就这么差？”郁颜回答，“你这是在质疑我的体力呢？还是在质疑老刘的执教水平呢？”

晏清听到这句话忍不住笑了。

郁颜不停地移动着胳膊，力图照顾到每一寸鱼尾：“怎么样，还舒服吗？”

“舒服。”晏清实话实说，“我怎么觉得你还挺专业的？”

“嘿，你别看我这个样子，我在舅舅家可是练出了一手的好厨艺。”郁颜边浇水边说，“清蒸鱼吃过没？虽然我不爱吃，可是我舅妈挺喜欢吃。最后一步，就是要拿热油像这样往鱼上泼……”

晏清脸上的表情越来越微妙，郁颜立刻意识到自己说错了话。

“我不是那个意思。”郁颜干笑，“我也没打算把你做成清蒸鱼。”

晏清也笑了：“我才不怕你把我做成菜。我知道你不舍得。”说着，他伸手去拿浴缸边自己脱下的衣服，又从衣服的口袋里拿出一个信封，把它递给郁颜，“这个给你。”

郁颜接了过来，拆开信封：“这是什么？”

“这是我从各种渠道搜集来的证据。”晏清回答，“有了它，就可以证实你的舅舅和舅妈之前所犯下的罪状。他侵吞了你父亲留给你的遗产，还侵占了你这些年来应得的抚恤金。郁颜，我是个很小心眼的人。如果有人得罪了我，我一定会原原本本地奉还回去。可是如果有人得罪了你——那我非要让他用十倍的代价才肯甘心。我可以默不作声地替你做完一切，但我还是希望你能知晓这一切，然后自己选择要不要控诉他们。我曾经说过，郁颜，我会尊重你所有的选择。”

郁颜看过里面的材料，不由得惊叹：“原来他们吞了我这么多钱啊。”

晏清点头。

郁颜又问：“如果我控诉他们，会怎么样？”

“我会帮你请最好的律师，确保你能打赢这场原本胜算就很大的官司。现在证据确凿，这场官司十拿九稳。”晏清回答，“他们会把这些年来侵吞的所有财产都归还给你，还要赔你一大笔补偿金。”

“嘿。”郁颜笑了，“那我岂不是突然变成了有钱人？”

“你打算指控他们吗？”晏清问。

“当然要指控。”郁颜想都没想，“他们让我受了委屈，吃了苦头，如果我还选择原谅他们，这不叫善良，叫愚蠢。人人都要为自己的行为负责，如果做错了事，就要付出代价——这是老刘教给我的。”

晏清笑了笑。

“我比较关心我的钱。”郁颜摆出一脸急切的表情，“我什么时候能变成富婆？”

晏清忍俊不禁：“你就这么喜欢钱啊。”

“谁不喜欢钱啊？”郁颜觉得晏清的这个问题简直好笑，“我也想体验一下挥金如土纸醉金迷的生活。”

“有了钱之后，你想做什么？”晏清这么问着，内心却想着要打听郁颜的喜好。

“嗯……”郁颜佯装沉思，“花天酒地，养小白脸。”

晏清瞬间紧张起来，声音都提高了八度：“小白脸？什么小白脸？”

人的占有欲是会膨胀的，就像是晏清在和郁颜重逢之初，晏清还大度地表示自己可以秉承着大度的心态与郁颜的任何男性朋友甚至是追求者和睦相处。可当郁颜真的成了他的女朋友之后，他却无论如何都接受不了要和别人分享自己的挚爱。

她永远都只能是属于他一个人的。

郁颜笑嘻嘻地用自己没拿水舀的那只手捏了捏晏清的脸颊："我看你的脸就挺白的嘛。"

晏清一愣，明白过来这只是一个玩笑，随即也笑了。

"晏清，我发觉我总是情不自禁地想要依靠你。"郁颜的语气有些担忧，"你会不会觉得我很烦人啊？"

"怎么会呢。"晏清抓住了她的手，"你可以尽情依靠我。郁颜，我会是你永远的退路。"

郁颜嘿嘿地笑了，忍不住抱住了浑身还湿淋淋的晏清。这个怀抱总是让她特别有安全感。

什么是心安？你就是答案。

李亨几乎是一眼就看到了坐在咖啡馆里的朝夕。

下班晚高峰正是堵车的时候。李亨被堵在路中间一动不动，半晌才能缓慢地挪出几厘米。他百无聊赖地望向窗外，却意外地在咖啡馆的玻璃窗里发现了朝夕的身影。

他抻长脖子眯起眼来好好确认了一下，发现那果然是朝夕。她正面带微笑地向坐在自己对面的人说着什么。

坐在她对面的人更是出乎李亨的意料。

乔安安。

他怎么也想不明白朝夕为什么会和她有瓜葛。

乔安安正紧蹙着眉头，双手无意识地来回搓弄着，一脸的局促不安。朝夕正对她说着什么，可她一直双唇紧闭，一言不发。

难道这家伙又在到处抓人来打赌？

李亨心里腾地生出一种不祥的预感。他好不容易在拥挤的车流中把车子停靠在路边，想要过去看看情况。

可是车子才开到路边，交警就拦住了他：“不好意思，这里禁止停车。”

没办法，李亨只能另找合适的停车地点。

等他把车停妥当，再跑到咖啡馆的时候，乔安安早已经走了，只剩下朝夕坐在原位。她小口啜饮着咖啡，仍旧面带微笑，摆出一副早就料到李亨会看到她的表情。

这里是李亨下班的必经之路，也许她把地点选在这里真的是故意为之。

李亨坐在她的对面，开门见山地问：“你为什么会和乔安安在一起？你们在商量什么事？”

“海底女巫还能和别人商量什么事情？”朝夕懒洋洋地伸了个懒腰，“当然是找她来打赌喽。”

李亨死死地盯着她：“你和她打了什么赌？”

乔安安和郁颜有莫大的牵连。换句话说，乔安安和晏清也有着莫大的牵连。朝夕找人打赌那是常事，可他绝对不会天真到真的以为朝夕来和乔安安打赌会是什么巧合。

“李享，你胆子变大了不少嘛。”朝夕饶有兴趣地看着他，被蓝色手套包裹着的十指交叉在一起托着自己的下巴，“现在你都敢来质问我了？”

这句话听起来有点像赤裸裸的威胁。李享条件反射地哆嗦了一下，可还是不愿意露怯：“请你告诉我实情。”

“告诉你就告诉你，那么凶干吗？”朝夕慢悠悠地开口，“说起来呢，晏清这个人……不是，这条鱼，其实还是蛮可怕的。说白了，他对我们的鱼钩小姐有着近乎变态的保护欲，容不得她受半点委屈。乔安安的父母把鱼钩小姐欺负得很惨，还侵吞了鱼钩小姐的父亲留给她的大量遗产。所以晏清就以其人之道还治其人之身，四处收集证据，打算对乔安安的父母提起诉讼。他们的罪名一旦落实，不光要赔付给鱼钩小姐一大笔钱，而且还免不了要受牢狱之苦——这件事你应该知道吧。”

李享点了点头。晏清做过的事情，大部分都经由了他的手，他自然知道。

“所以啊。”朝夕笑眯眯地开口，“我就和乔安安打了赌，赌她的父母到底会不会坐牢。我赌的是他们不会坐牢。”

李享一怔：“乔安安打赌自己的父母会坐牢？”谁会真的希望自己的父母坐牢？

“因为选项是我先选的，我觉得这个选项的赢面比较大。”朝夕又端起了咖啡杯，抿了一口，“她别无选择。”

“别无选择”——这四个字里蕴含着强迫的意味。

李享挑了挑眉毛：“你用手段逼迫乔安安了？”

“别说得那么难听嘛。我不是逼迫她，我只是和她做了笔交易而已。”朝夕慢条斯理地解释，“想想看，乔安安的父母之所以会坐牢，归根结底还是因为晏清——”

“错。”李享突然打断她，“乔安安的父母之所以会坐牢，原因就只有一个，就是他们自己做了违法的事。请不要说得好像晏清诬陷了他们一样。”

“好好好，你说得对。我真不爱和你们这些死心眼的人较真。”朝夕立马改口，“但是不管怎么说，如果晏清愿意大发慈悲放他们一马，他们也就不用受那么多罪了。”

李享没有表示异议。

“所以呢，我和乔安安做了一笔交易。”朝夕笑嘻嘻地说，“我告诉她，如果她答应跟我打赌，我就可以告诉她一个秘密。这个秘密的分量足够用来要挟晏清和郁颜。”

李享心中的不安情绪逐渐变大。

“她答应了跟我打赌，我就把这个秘密告诉她了。”朝夕继续说着，“我告诉她晏清是人鱼，一条货真价实的人鱼。试想一下，这样的秘密如果被传出去，会对晏清产生怎样的影响。”

李享不敢置信地看着她。

诚如她所说，一旦晏清的真实身份被曝光，一定会引来许多不必要的麻烦。朝夕的手里一直攥着这张王牌，可他却没想到她会真的把这张牌摔到桌面上。

“怎么啦？傻啦？还是说你不信我会做出这样的事？可是海底女巫原本就不善良，她们卑劣又狡诈，你忘了吗？为了确保赢得和晏清的赌局，我这么做才是情理之中的吧？”朝夕问李享，“还是说，你重新认识了我，对我感到失望了？对不起哟，喜欢上海底女巫早晚都会失望。反正我们生来就与周围格格不入。不和别人接触，自然也就没有道德意识。要怪就怪你自己，喜欢错了人。”

李享盯着她看了几秒钟：“我知道了。”

朝夕嬉皮笑脸地看着他：“你知道什么了？”

“你这个人，道德意识微弱，法制观念淡薄。这其实也不算是你的错，因为从来没有人教过你这些。说白了，你就是欠调教。”

“哈？”

“你缺失的教育，我会帮你一一补回来。”李享摆出一副正义凛然的表情，“共建和谐社会人人有责，我会教会你人与人交往所必需的坦诚和温柔，教会你如何和别人和谐共处。这样一来，你就不用再去跟别人打无聊的赌了——海底女巫之所以迷恋打赌，难道不是因为这是她们唯一能和别人接触的机会吗？扪心自问，你们其实也是想融入人群的吧？”

朝夕觉得好笑：“你还真以为又冷又硬的石头里能长出花来啊？”

“能。”李享肯定地回答，“如果石头冷，就用怀抱去温暖它。如果石头硬，就用关心去软化它。即便是一块石头，迟早也会开出漂亮的花来。”

“我发现你这个人还真是跟人鱼在一起混久了，跟他们学了一身臭毛病，肉麻的话张口就来。”朝夕起身就要走，“不跟你废话了，再见。”

她动作仓促，神色慌张，走得飞快，生怕李享察觉到自己脸上的羞红。

这个叫李享的男人真的是太可怕了，他居然能让一块“石头”脸红。再这么下去，就真的会像他说的那样，“石头”都会开花。

可她走得太快，一不小心就踩到了桌脚。她惨叫一声摔倒在地，连挂在鼻梁上的眼镜也摔了出去。

李享连忙起身想要去扶，鞋底却踩上了滑到自己脚边的眼镜。

“咔——”

一声轻不可闻的声响在李享听来犹如是晴天霹雳，他下意识地挺直了腰背，觉得自己的背后瞬间出了冷汗。

朝夕嘶了一声，顾不上自己磕疼的胳膊肘，就开始在地上摸索着找自己的眼镜：“我的眼镜呢？”

李享抬了抬脚，露出了已经碎成一堆的渣渣，没敢说话。

虽然只有咫尺的距离，朝夕却像是完全没看到，仍旧用双手在地上不断地摸索着：“我眼镜呢？”

哪怕是高度近视也不会连这样的距离也看不清楚，现在的朝夕完完全全像是一个盲人。

“李享！”朝夕摸了半天也没摸到自己的眼镜，有些着急了，“你能不能有点眼力见儿？帮我找找我的眼镜！”

李享紧张到偷偷咽了一口口水：“你近视得这么厉害啊？”

“你以为海底和陆地的环境差不多？深海海底啊大哥，那里面几乎是一点光都没有。”朝夕一边找着一边解释，“你们在有光的地方才能看到东西，可我们在没光的地方才能看到东西。要不然我之前怎么说人鱼这种生物可怕呢？晏清上了岸居然还能看清东西。我们海底女巫就比较惨了，必须要用特殊的眼镜才能看清事物。那副眼镜是用来遮光的。”

这也是晏清习惯在夜里不开灯的原因。虽然他在光下也能看到一切，可当置身于一片黑暗时，他反而能看得更加清楚。

“啊，我不行了，灯光实在是太刺眼了，我什么都看不见。”

朝夕抱怨着用衣袖遮住了自己的双眼。

李享抬头看了看头顶，咖啡馆的灯光可以算得上是微弱，只有一盏昏暗的小吊灯在散发着橙色的柔光。

可在这样的柔光之下，朝夕却变得和瞎了没什么两样。

“你能不能别老傻站着了？”许久都没听到李享挪步的声音，朝夕开始发脾气，“你倒是帮我找眼镜啊！”

“我……”李享欲言又止，“我找到了。”

朝夕松了一口气，向他伸出手来：“给我。”

李享把一堆残渣归拢到一起，然后全都拍在了朝夕的掌心。

朝夕摸了摸手里的东西：“这是什么？”

“你的眼镜。”李享心虚地说，“让我给踩碎了。”

朝夕站起来气势汹汹地向前面冲去：“李享，我掐死你！”

“方向反了……”李享好心提醒，“我在你后面。”

“算了算了。”朝夕被他气得头疼，“你帮我联系一下晏清，他知道该去哪里搞新的眼镜。不过最快也得明天了，我要做一晚上瞎子了。”

李亨照办，很快就和晏清联系上了，又向他说明了情况。

既然弄坏了人家重要的眼镜，李亨只好负起责任。他把手递到朝夕眼前：“我的手放在你面前了，你要不要先跟我回家？反正只有一晚上，你凑合一下。”

朝夕恨恨地骂他：“谁要跟你回家啊？”

“那随便你喽。”李亨耸肩，“你要是不愿意跟我回去，那我可要把你扔在这里了。你自己慢慢摸回去吧。祝你不会迷路。”

朝夕痛心疾首。

原本正经死板的李亨到底是跟谁学坏的？

“等一下！”朝夕别无他法，“我跟你回去。”

她伸出手来像没头苍蝇一样乱摸了半天，李亨微笑着一把抓住了她的手：“我在这里。如果你需要帮助的话，就来抓我的手。记住了吗？”

朝夕没有说话。

就像是李亨说的那样，海底女巫没有家人也没有朋友。人世间所有温暖的联系她们统统没有，连她自己也没想到，当她陷入目不能视的窘境之中时，居然真的会有人向她伸出手。

不得不说……这只手牵起来，很温暖。

李亨把朝夕带回到了车上。

车窗上贴着黑色的车窗膜，这片薄膜阻隔掉了些许路灯的光，让朝夕觉得好受了些。

“你们人类真是太可怕了。”朝夕一边揉着自己的鼻梁，一边抱怨，“原本我以为，到了晚上之后陆地和深海也没什么两样。可我没想到，你们人类发明了灯——这里也是灯那里也是灯到处都是灯，看得我眼睛痛死了。”

李享只是笑了两声。

朝夕一听到这个声音立马就不乐意了：“你笑什么？”

“我啊，还以为你天不怕地不怕呢，结果你怕光。”李享忍不住笑了，“有意思。”

朝夕爹毛了：“不许嘲笑我！”

“我没有嘲笑你。”李享回答，“我只是很高兴。你并不是强大到无懈可击，你也有自己的弱点。我觉得我真应该感谢一下上天，原来它给我留好了可以保护你、照顾你的机会。朝夕，既然你在有光的地方看不见，那么有光亮的地方，我会做你的眼睛。”

“突然变得这么能说会道，你是向晏清拜师了吗？”朝夕问，“我怎么记得你以前没这么会说话？”

“对啊，自从喜欢上你之后，我每天都认真学习晏清怎么说话，还会把他的话记录下来摘抄并背诵。”李享回答，“好听的话是我偷来的，但我想说给你听是真的。”

车子很快就停在了李享家的楼下。

李享拉着朝夕的手，带她缓缓地走过了楼梯。

家里一个人都没有。自从李享的妈妈生病住院后，这里就只剩下李享一个人住。

李享开了门，习惯性地打开了灯。朝夕被突然出现的刺眼灯光晃了一下，皱着眉头用手背挡在了眼前，李享立刻把灯关了。

李亨尴尬地笑了笑："不好意思，我忘记了。"

他从口袋里拿出手机，点亮了屏幕，然后借着这点微不可见的光亮把朝夕搀扶进屋里。

李亨的生活自理能力几乎为零，家里更是乱得可以。客厅的沙发和茶几上堆满了各种乱七八糟的杂物，连个落脚的地方都没有。万幸万幸，现在的朝夕是个瞎子，什么都看不见。

李亨暗自松了口气，把她搀扶进了一间房间。

"这里是我妈妈的房间。"李亨说，"就委屈你在这里凑合一晚上了。"

朝夕摸索着触碰到了床沿，然后放松地躺在了床上。

"明天一早，晏清会帮你送新的眼镜过来。你看他人其实挺好的，所以你以后也不要老想着给人家捣乱了。"李亨耐心地劝导她，"我帮你把门关上，有需要的话喊我就好，我就在隔壁。"

咔的一声轻响，房门被关上了。

朝夕在漆黑的房间里睁着眼睛，听到外面隐约传来响动。

李亨不知道在干什么，但可以确定的是，他有意放缓了自己的动作，不想让她察觉。

如果她是人类的话，也许的确不会察觉。可她是海底女巫，有着比人类要灵敏百倍的听觉，想察觉不到都很难。

过了很久之后，轻微的声响终于消失了。她听到李亨蹑手蹑脚地回到了自己的房间，躺在了床上，也盖好了被子。

又过了一阵，朝夕从床上爬了起来。她站在地上，走到了阳台，透过窗户看窗外的月亮。

她的动作也不大，可李亨还是听到了响动，跟着她来到了阳台：“你怎么还不睡？”

“眼睛痛，所以出来看看月亮，给眼睛做个月光浴。”朝夕回答，“虽然海底女巫惧光，但月光除外。月亮是我们的信仰，我们的力量源泉。对我们来说，在这个世界上，只有月亮的光才是柔和的。”

李亨哦了一声：“这样啊。”

“哦什么哦，赶紧回去睡觉啊。”朝夕仍旧目不转睛地盯着月亮看，“你傻站在这里干什么？”

“我也想看看月亮。”李亨回答，“以前我都没有发现，月亮真好看。你就让我再多看一会儿呗。”

“你少来，你根本没有在看月亮。”朝夕突然转头，直视着他的眼睛，“你明明一直都在盯着我看。你是不是以为我还瞎着呢？”

李亨的笑容僵在了脸上，他没想到朝夕已经恢复视力了。

“你什么时候开始能看见的？”

“在我进门之前，就已经隐隐约约能看见东西了。”朝夕回答，“所以你不想让我看见的我都看见了——地上有脏衣服，沙发上有臭袜子，茶几上有一堆零食袋和泡面盒。你是不想让我看见，害怕明天早上晏清送来眼镜之后被拆穿，所以才大半夜不睡觉偷偷打扫卫生的吧？你是不是觉得今天晚上偷偷打扫过了，我就发现不了？”

李亨尴尬地笑道：“你都看见了啊。我就是想维护一下自己在你心里的形象……”

“我怎么看你，真的就这么重要吗？我喜不喜欢你，难道就真的那么重要吗？”朝夕突然严肃地问他，“见识过海底女巫的缺点，认真考虑过自己的未来之后，难道你还喜欢我吗？”

李享收敛住了自己脸上的笑容，神色同样变得认真起来：“是的。朝夕，在我见识过你的缺点，认真考虑过未来之后，仍然喜欢你。朝夕，这辈子我非你不可。”

朝夕一言不发，只是看着他。

“我得承认，我不是晏清，那些深情又动人的情话我再怎么努力也只能学到一些皮毛。可是，朝夕，并不是我的嘴笨，不会说话，我对你的爱就会因此减少分毫。”他顿了顿，“实话实说，从你一开始出现在我的面前时，我就天天因为你睡不着。一开始是因为恐惧，你太可怕了，所以每当我闭上眼睛，你就变成了噩梦，让我不得安宁。后来，是因为想你。你好像没有那么可怕了，而且一想起你，我还是会心神不宁，因为我知道我喜欢上了你。再到后来，是因为犹豫。上次你在医院的确是吓到我了，可是震惊过后，我却觉得你说得很有道理——我只是喜欢你，却没考虑过未来。一生很长，我必须要考虑清楚，这是对你负责，也是对我自己负责。”

李享低下头来笑了笑：“现在，我考虑清楚了。朝夕，我还是喜欢你。也许你不完美，也许我们还要用很长的时间来磨合，也许我还要花很长的时间才能让你学会人与人相处的规则——但我还是想和你携手余生。你满身缺点、不够善良，我笨手笨脚、不会说话。我们都不完美，这不是刚刚好吗？朝夕，你愿意以结婚为前提，和我谈一场也许不怎么浪漫的恋爱吗？”

李享看到朝夕的耳朵变红了，这是她第一次这么明显地红了脸。

看到朝夕这个神情，李享忍不住笑了：“怎么，我的石头小姐终于开花了吗？”

“别……别以为你说几句好听的话就能把以前的事情一笔勾销了！”朝夕突然结巴起来，“我可是很记仇的，你叫我老巫婆的事还没过去呢！你胆子不小啊，居然敢叫我老巫婆？这三个字里除了‘巫’字以外没有一个字是我爱听的！”

“这样啊。”李享看到她的反应就知道她已经屈服了，连笑容里都带了些小得意，“那你只能强迫自己适应了。因为我以后不光要继续叫，而且还要把你最讨厌的那两个字挑出来叫——你说对吧，老婆？”

朝夕的脸瞬间变得通红。

“现在我想要你确切的答案。”李享问她，“你是愿意，还是不愿意？”

“算了算了。”朝夕突然用手捂住了自己的脸，“愿赌服输，输了就是输了。我愿意。”

李享微笑着抱住了朝夕：“朝夕小姐，恭喜你输了赌局——却赢得了我。”

直到朝夕被他拥入怀中的那一刻，他还是有种不真实的感觉。

幸福来得太过突然，简直是让他措手不及。

他想起了妈妈对他说过的话：“当爱情来临的时候，你可以一路小跑着去迎接它，也可以留在原地等待它，但你不能背过身去找个地方躲着它啊。”

然后，他鼓起勇气，迈开步子，向爱情追了过去。

幸运的是，他的爱情转过身，也向他跑来，和他撞了个满怀。

寒假过去了。

郁颜换好泳衣之后，老刘满意地打量了她一圈："状态保持得不错嘛，最起码没把自己吃胖。"

"我这不是一直谨记着您老人家的教诲嘛。"郁颜嘿嘿地笑着，"再者说了，就算不考虑您的面子，我这不还得惦记着比赛嘛！"

"少贫嘴！"老刘早就习惯了她这副没大没小的样子，"还不赶紧去训练把状态找回来！"

郁颜得了令，听话地往泳池的方向跑去。

认真训练起来之后，时间总会过得特别快。转眼一天就过去了，郁颜正打算收拾东西回家，可一个身影却拦住了她的去路。

郁颜抬起头来，发现站在她眼前的人居然是乔安安。

乔安安的样子似乎有些局促不安，她犹豫了几秒："郁颜，我有件事想和你谈谈。"

上次发生的不愉快还历历在目，郁颜皱了皱眉头："不好意思，我没空。"

她实在是不想和乔安安再有什么瓜葛。

"等一下！"郁颜抬脚正打算离开的时候，乔安安叫住了她，"我以妹妹的身份请求你，姐姐，我们谈谈好吗？我们毕竟是有血缘关系的家人。"

郁颜停住了。

乔安安竟然在低三下四地恳求她，这还是第一次。

郁颜又心软了。容易心软，这是她最大的毛病，否则也不会三番五次让晏清得了手。

更何况乔安安说得没错，她们毕竟是家人。看在已经去世的母亲的面子上，如果可以，她也不想和舅舅一家反目成仇。

“好吧。”郁颜松了口，“你想说什么？”

乔安安看了看四周。时间已经不早了，其他人都已经回家了，整个房间里只剩下她们两个。

“我想拜托你——不，我想请求你。”乔安安突然向她深鞠一躬，“我知道你手里有可以指控我父母的证据——无论是我，还是我的父母，这些年来，我们确实对不起你。这是我们错了，我代表我的父母和我自己，诚恳地向你道歉。那些原本该属于你的钱，我也会原原本本地还给你。我是真的很有诚意地在向你道歉——既然我这么向你道歉了，那么你可以原谅我的父母、不再起诉他们吗？”

郁颜听到最后一句觉得有些好笑：“你的意思是，既然你都道歉了，那我就必须得原谅你们喽？”

“不不不，我不是这个意思。”乔安安连忙否认，“我只是希望你大发慈悲，高抬贵手。你想想看，只要你不再追究，我爸妈不就没事了吗？大家都是亲戚……”

“我不追究，不代表他们就没犯过错。人都需要为自己的行为负责。”郁颜强硬地打断了乔安安，“如果你认为我指控的那条罪状是冤枉了他们，或者我提供的证据有不足，那么你尽可以在法庭上提出异议。时间不早了，我要回家了。”

乔安安呆愣在原地。她早该想到，就凭他们一家做过的事，郁颜是不会轻易原谅他们的。

“等一下！”

乔安安向郁颜大喊，可是郁颜置若罔闻，还是径直向门口走去。

“郁颜！”乔安安见郁颜不停步，着急了，“我们还没谈完呢！我知道晏清的秘密！”

听到“晏清”这两个字，郁颜回了头：“晏清？”

“对。晏清，我知道他的秘密。”乔安安的声音发着抖，“他是美人鱼，对吧？”

郁颜的神情发生了轻微的变化，可她仍旧佯装淡定：“你小说看多了吧？还美人鱼？他要是美人鱼我还是哥斯拉呢。”

“不。”乔安安很肯定，“他就是美人鱼，你和我都心知肚明。我已经和那个叫朝夕的海底女巫打过赌了，不会出错的。”

郁颜张了张嘴，讶异得几乎说不出话来。

一直以来，晏清都在不断地告诫她，海底女巫很危险，一定要远离她们，更不能和她们打什么奇怪的赌。

每次他这样说的时候，神色都是那样认真，认真到明眼人一眼就能看出事情的危险性。

可是和海底女巫打赌到底危险在哪里？她屡次问过晏清，可晏清都含糊着搪塞过去了。

郁颜眉头紧锁，一个不祥的猜测出现在了她的脑海里。

她还记得自己第一次遇到朝夕的时候，晏清也在场。朝夕看起来是晏清的旧相识，而且朝夕还对晏清说了一句让她有些听不懂的话:“我是来捣乱的。晏清，你的确是很有本事。老实说，我没想到你能在这么短的时间内就取得这么大的进展——但我不会让你这么轻松就赢了赌局。”

之前晏清向自己坦白身份时，也曾解释说，他之所以能把自己的鱼尾变成双腿，是因为他找到了海底女巫，请求她帮他得到一双人类的双腿。海底女巫拥有神奇的魔力，能帮助别人实现自己的愿望。

难道说，晏清已经和朝夕打过赌了吗?

“如果你不愿意撤诉的话，那我就会把晏清是美人鱼的消息公布出去。他每个月都有一天会变成美人鱼吧？如果我把消息捅出去，事情迟早会败露。郁颜，你要掂量掂量，考虑清楚。”

乔安安装出一副恶狠狠的样子威胁郁颜，可是郁颜却听出来了，她的声音在发抖，她在害怕。

郁颜看着乔安安的眼睛，乔安安终于忍不住哭了：“我也不想再做坏人了，可是我没办法。郁颜，我不能眼睁睁地看着我的父母坐牢。为了他们，我才和海底女巫打了赌，拿到了这个足以威胁你的筹码。如果你仍旧坚持上诉，那就是我输了。我会失去双腿，永远告别泳坛——可是我愿意！只要他们能够平安无事，就算是代价惨重我也愿意。他们毕竟是我的父母啊！”

郁颜一下子呆愣在原地。

海底女巫生性贪婪，和她们打赌的代价绝对不会低。可她没想到，所谓的“代价”竟高到这样的地步。

失去双腿——这不光意味着乔安安的下半生只能在轮椅上度过，还意味着她要永远地告别游泳。

郁颜的脑子乱成了一团麻。信息量太大，她一时难以消化。

胡思乱想着的时候，晏清的身影又在脑海里浮现出来。

那么晏清呢？他和海底女巫打赌又付出了什么代价？难道他舍弃的，不仅仅是自己的故乡吗？

如果他和她在一起——又会付出什么样的代价？

想到这里，郁颜一下子愣在原地。

“他绝对做得出来。”郁颜喃喃自语，“我怎么这么蠢，我早该想到，就算有代价，他也绝对不会告诉我。那个傻子，他绝对做得出来这样的蠢事。”

# 第十二章

## 第一百次求婚

*Ni Yilai Chaoxi Weitian*

李享看到晏清走进了自己的办公室，把一个东西丢在了自己的办公桌上。他拿了起来，发现是一块巧克力。

“这个给你吃。”晏清没好气地说着，语气明显不悦。

李享也不跟他客气，剥开了巧克力的外包装就往自己嘴里塞：“哪来的巧克力？”

“我让刘教练帮我在学校里盯着点那些对郁颜心存不轨的男人，结果还真碰上一个，开学第一天就揣着巧克力打算向郁颜表白，幸亏让刘教练拦下来了。我已经叮嘱过刘教练了，让他好好替我教育教育那个人，学生就要有个学生的样子，要以训练成绩为重，没事不要瞎琢磨着谈恋爱的事。”

李享乐了：“你这叫只许州官求婚不许百姓谈恋爱。”

晏清继续愤愤不平地说：“还想送郁颜巧克力？做梦！全都给没收拿去喂狗！”

吃得正开心的李享突然噎住了：“你是不是在骂我是狗？”

“你继续忙吧，我要下班回去陪郁颜了。”晏清不理会他，转身就走了，还不忘叮嘱，“如果郁颜问起你这件事，你就说你不知道。”

"好好好。"李享应承下来，"我知道了。"

没过多久，李享的手机响了起来。他看了一眼手机屏幕上的名字，接了电话："喂，郁颜？"

"李经理。"郁颜磕磕巴巴地开口，"我……我有件事想问你。是有关于晏清的。"

李享还以为是晏清刚刚做的事败露了："什么事？我一定知无不言言无不尽。"

"我问你。"郁颜的声音有些不对，"晏清和朝夕打赌的事，你是不是知道？"

李享没想到她问的是这个问题，一下子愣住了。

短暂的沉默已经给出了答案。郁颜深吸一口气："那么，你知道晏清和朝夕之间的赌注是什么吗？"

如果跑去问晏清，晏清一定会微笑着告诉她什么都不用担心，她只能退而求其次，跑来问李享。

朝夕和晏清打赌时就曾经约定过，不能向郁颜泄露他们之间打赌的内容，否则就是晏清输了。李享对这条规则心知肚明，他只能叹息一声："对不起，根据规则，我不能说。"

但是郁颜已经从他的语气里猜测出了自己想要的答案。

"我知道了。谢谢。"她挂断电话，靠在了墙上。

她不知道晏清到底和朝夕打了什么赌，也不知道晏清到底为此付出了什么代价。她唯一知道的就是，晏清和朝夕打了一个赌，一个代价很大的赌。

乔安安用自己毕生的梦想做赌注，也只从朝夕那里换来了一句轻飘飘的情报。那么晏清呢？他究竟付出了多大的代价，才换来了一双人类的腿？

说来说去，晏清和乔安安被迫和朝夕打了赌，都是因为她。

郁颜的眼圈不争气地红了。她就站在离晏清家不远的地方，却迟迟没有回去。

如果没有遇见她，晏清就不会出现在这里。他应该待在属于他的大海里，无忧无虑地生活。

她想让他回到这样的生活。晏清也好，乔安安也罢，她都希望他们能回到自己人生的正轨。

就在郁颜发呆的时候，一辆车停在了她面前。

晏清摇下了车窗，笑眯眯地向郁颜打招呼："我的运气真好，下班回家的路上都能碰上这么美丽的小姐……"

晏清突然停住了，他察觉到郁颜发红的眼眶："郁颜，发生什么事了吗？"

郁颜只是背靠着墙，盯着他一言不发。

晏清立马下了车。他刚想张口询问，手机却在这时响了起来。

看见郁颜这副样子，晏清哪还有心情接电话，他毫不犹豫地把电话挂断，可还没过三秒，那个电话又打了进来。

又挂，又响。又挂，又响。如此反复几次，晏清终于接了电话："打什么打，我这边忙着呢！"

郁颜的异常让晏清心慌意乱，他难得在郁颜面前显露出自己暴躁的一面。

李享的声音从听筒里传了过来：“有件事我要提醒你。郁颜已经知道你和朝夕打赌的事情了，刚刚她打电话问了我。”

晏清愣住，隐约猜到了郁颜反常的原因。

“我没有告诉她你和朝夕的打赌内容。按照约定，我们不能主动告诉她赌局的详细内容，否则就是你输了。”李享严肃地提醒他，“所以，千万千万不要告诉她。你要想清楚，如果你输了，那就什么都没有了。你会直接变成一堆泡沫，连个让我给你扫墓上坟的机会都不留。”

晏清挂断了电话。

几秒钟之后，他又摆出如往日温柔的笑容，走到了郁颜跟前。

“你是不是已经知道我和朝夕打赌的事情了？”晏清干脆把事情挑明了，还摆出一副不好意思的笑容，“对不起，我也不是有意要瞒你的，你不要生气嘛。”

以往郁颜生气，晏清都是用耍赖搞定的。他故技重施，直接抓起了郁颜的手，撒娇地轻轻摇着：“我们家郁颜这么温柔可爱善解人意，肯定不会生我的气的，对不对？”

郁颜不吃他这套，仍旧死死地盯住她：“晏清，我要问你一件事。”

晏清立刻挺直腰背：“你随便问，我一定如实回答。”

“刚刚我问了李享关于你和朝夕打赌的事情。他说：‘根据规则，我不能说。’”郁颜说，“我不知道规则是什么，但我知道，打赌详细的内容，你也是不能告诉我的，对吧？所以我只问你一个问题，你只回答‘是’或者‘不是’就好——晏清，你和朝夕打赌，也是付出了很大的代价吗？”

“怎么可能。”晏清笑得没皮没脸，“你以为你的男朋友就这么傻啊？”

郁颜看着他，忽然笑了：“晏清，我现在算是相信你是真的没向我撒过谎了。你撒谎的技术真的很差。”

眼神飘忽，手脚乱动，语气僵硬，撒谎时该具备的神态他一个不落。

晏清听到这句话，终于收敛起了笑容。

“晏清，老实说，成为你的女朋友之后，我经常会觉得害怕。”郁颜的声音开始发颤，带着哭腔，“不为别的，只因为你实在是太好了，我觉得我配不上你。你知道自己有多完美吗？你真的像是童话故事里走出的王子，而我呢？我就只是一个普通的女孩子，长相普通，性格普通，智商也普通。像是这么普通的我，能被这么光芒万丈的你喜欢，真的是碰上了小到不能再小的概率。”

“不是的。”晏清立马反驳，“在我心里，你永远是最好的那个。”

“那也仅仅是‘在你心里’，不是吗？”郁颜打断他，“你喜欢我，所以觉得我哪里都好。我拜托你清醒一下，客观地评价我吧，我真的有那么好吗？”

她展开双臂，向晏清展示着自己。

“就为了一个我，真的值得你放弃整片海洋吗？”

回去吧。郁颜暗自祈祷，放弃我，回到海里去，那才是你真正该回到的地方。

“如果你这么问的话。”晏清坚定地回答，“值得。郁颜，为你做出的任何决定，我从来没后悔过。”

“可是我后悔了。”郁颜突然改口，“晏清，我觉得我也许没那么喜欢你。”

晏清静静地看着她。

“乔安安也和朝夕打过赌了。”郁颜自嘲地笑了笑，“这件事你应该早就知道了吧？我应该又是最后一个知道的吧？”

晏清点了点头。李亨一直是坚定不移地站在他这边的，朝夕但凡有个风吹草动，李亨总会第一时间跑来通知他。

“那个傻丫头，用自己的双腿跟朝夕打了赌。”郁颜的声音逐渐哽咽起来，“她告诉我说，即使要以双腿和梦想为代价，她也想让舅舅和舅妈平安无事。她已经把自己逼到绝路了，也没有什么好失去的了。如果我仍然不同意撤诉，她就会把你是美人鱼的事情公之于众，让你不得安生。知道我是怎么回答的吗？我说：‘随便你。我是不会撤诉的，晏清会变成什么样，我一点都不关心。’”她的声音开始剧烈颤抖，“你看，我一点都不在乎你。我在乎我的赔偿金，还在乎我妹妹的双腿，唯独就是不在乎你的死活。”

她只希望晏清能死心，中止和朝夕的赌约，回到海里。

只要他回到大海，告别人类社会，“晏清是美人鱼”的传闻便对他再无影响。他就不必再为她付出高昂的代价，乔安安也不必失去双腿。这是她能想到的最好的解决方案。

“就这样吧。”郁颜像是在突然之间被抽空了全身的力气，“晏清，我们之间就到此为止吧。你不要再来找我了，我也不会再出现在你的面前。再见——不，应该不会再有见面的机会了。”

她转身离开，晏清在她身后喊了一声：“郁颜！”

郁颜忍不住停下了步子。

“你真的不要我了吗？”晏清问。

他的语气里包含了很多情绪，失落、难过、无助……

简简单单的一句话，竟然让她有些迈不开步子。

郁颜咬了咬牙，头也不回地离开了。

直到最后，她也没忍心把那句“不要了”说出口。

“我会等你的！”晏清又喊，“郁颜，马上就是我来到岸上的一百天了。我会等你回心转意，郁颜，我会等你到最后一刻。”

郁颜把自己所有的心思都扑在了训练上。

她游得拼命，可老刘却并没有特别高兴。

郁颜休息的时候，老刘走到她身边。

“黑眼圈怎么这么重？”老刘问她，“是不是这几天晚上都没休息好？”

郁颜嗯了一声，算是回答。

自从那晚之后，每个夜里，她都会忍不住想起晏清。有时是想他想得睡不着，有时候是想着他才能睡着。

“为什么睡不着？心里有事？”老刘又问，“有事你倒是跟我商量啊？有什么事连我都不能告诉？”

郁颜只是摇头。

“不想说的话就算了。”老刘叹了口气，也不再逼问她，“调整好状态，比赛加油吧。”

比赛的日子很快就到了。

郁颜被老刘陪同着飞往了一个陌生的城市。这里举行了一场规模不大的友谊赛。虽然比不上之前全国赛的规模，但好歹也是机会难得的正规比赛。

“放轻松，不要那么紧张。”上场之前，老刘替她打气，“对我们来说，这场比赛最大的意义是给你积累实战经验。”

郁颜做着深呼吸调整着状态，走向泳池赛道。

比赛开始了。

一声枪响之后，郁颜飞速入水。她摆动双臂，后腿发力。耳边是水花拍打涌动的声响，在水声之外，她还隐约听到了在场观众的欢呼声。

郁颜逼迫自己不去注意外界干扰，一心只往前游。

等到她指尖触碰到终点线的时候，她听到四周传来了如潮的掌声和叫好声。一些观众忍不住从座位上站了起来，呐喊叫好。

老刘更是直接冲了过来，死死地抱住了她：“你知道你游了多少秒吗？郁颜，你破纪录了你知道吗？你这次的成绩比全国赛现任的纪录保持者还要好！”

郁颜一时间有些反应不过来，她呆呆地看了老刘足有半分钟，才终于反应过来发生了什么。

她破了纪录。秒数是不会骗人的，即便她与全国赛遗憾地擦肩而过，也用另一种方式证实了自己的实力。

谁也想不到，在这种名不见经传的小比赛上，居然也会出现这样一场精彩的赛事。

郁颜也雀跃起来，一把抱住了老刘，久久都没松开。

媒体记者也蜂拥而来，簇拥在了郁颜的身边。

郁颜首战成名，外界自然对这颗冉冉升起的新星寄予了厚望，也给了她足够的关注。

郁颜一时间不知该说些什么好，幸亏老刘咧着一张大嘴笑开了花，主动帮她挡下了大部分的提问。

天气仍未转暖，被众多媒体围追堵截了许久之后，还穿着泳衣的郁颜忍不住打了个喷嚏。

这时，一条大浴巾盖住了她的头发。

郁颜一愣，随即想起之前晏清拎着大包小包的东西陪她来参赛的情景。

她下意识地回头，却看到老刘仍旧笑得合不拢嘴："先把头发擦干，可不能让我们的冠军着凉感冒喽。"

也是，被自己亲手赶走的他怎么还会出现在自己面前呢。她轻轻叹气。

郁颜一下子成了名人。

不光是她自己，连和她沾边的人和事都被镀上了一层金灿灿的颜色。作为郁颜的教练，老刘出名了，郁颜所在的体校也出名了，就连她打工的水族馆也被人挖了出来，被络绎不绝的记者堵住了大门。

郁颜打开手机，就能从各个门户网站上看到相应的报道。

“揭秘！天才游泳少女的打工日常！”

醒目的大标题下，配着一张李享正在忙于应付各路记者的照片。精明干练如他，在面对数量惊人的闪光灯时也有些招架不住。

当然，自从她和晏清分手之后，她就再也没去过水族馆。郁颜盯着那个报道，到底还是忍不住点了进去。

他过得好吗？回到大海里了吗？他还在等着自己回去吗？

她心里有再多的疑问，也没人能替她解答。所以哪怕只是和他沾边的零星消息，她也忍不住想要了解知道。

就在她指尖碰触到那条新闻的同时，页面就跳了出来。

报道照例是先对郁颜在比赛上取得的佳绩大肆吹捧一番。郁颜把这段飞速滑了过去，很快就找到了有关水族馆的内容。

“为掌握第一手资讯，记者特意来到郁颜曾经打工过的水族馆进行跟踪采访。作为本市乃至本省现存最大的水族馆，这里占地面积广阔，展览的海洋生物种类繁多……”

这也不是她想看的内容，她继续往下滑着屏幕，手指猛地一顿。

她看到报道中有这样一段话。

“根据知情人士透露，在这家水族馆里或许藏匿着真正的美人鱼。”

一句话突然让郁颜的心提到了嗓子眼。

关于“美人鱼”的描述虽然只有短短几句，可郁颜看到评论区里却吵个不停。

“果然是不正规的小媒体，为了博眼球什么都能编出来，还美人鱼呢。”

“无风不起浪，难道知情人士说的是真的？”

“谁知道这个知情人士是个什么身份？”

“真的有美人鱼？”

“听说就在玻璃池里装着。”

“我怎么听说美人鱼就是水族馆的老板本人呢？”

“有没有人来扒一下这个人？”

“来了来了，晏清，青年才俊，一己之力创办了这家水族馆，但身世家庭学历统统查不到，像是凭空冒出来的。”

“不会真的是美人鱼吧……”

“知情人说，美人鱼平时会伪装成人类，但是到了月圆之夜就会变回美人鱼。已经有不少人把晏清堵在水族馆里了，就等着月圆之夜。”

“怪不得经理急成这个样子。他不会也是什么美人鱼吧？”

“月圆之夜？不就是今晚吗？”

郁颜看着评论，冷汗都快流下来了。

晏清还没走，他说要等她，就真的留在了陆地上。

郁颜前思后想，最终还是冲了出去。

不管怎么说，她都不能坐视不管。

郁颜紧赶慢赶来到水族馆，那里仍旧簇拥着大批媒体。自从“美人鱼”的传闻出现后，大家的兴趣点就逐渐偏移了。相较于“美人鱼”这样惊世骇俗的新闻来说，郁颜破纪录的消息实在是算不上有爆点。

正忙得目不暇接的李享突然瞥见郁颜来了，露出了惊讶的表情。他连忙让其他工作人员暂时顶替了自己的位置。

他一个看似不经意的眼神望向了侧门，郁颜心领神会，立刻换了个方向跑去。

作为水族馆的老员工，她自然知道普通游客不知道的侧门通道。

果不其然，李享已经在那里等着她了。

“李经理。”郁颜跑得上气不接下气，“晏清他还好吗？”

“时间紧迫，一时间我也解释不清楚。他状态不太好……”李享犹豫了一瞬，“你还是自己去看看他吧。”

今晚是晏清上岸的第一百天，也是他和朝夕打赌期限的最后一天。月亮越升越高，十二点之后，一切就会尘埃落定。

在这个以自己生命做筹码的赌局里，晏清的生命之火正在逐渐熄灭，身体也在急速衰退。

可即便是这样，他还是在等她。

郁颜犹豫了：“我去看他……不太好吧……”

“这时候就别再犹豫了。”李享着急地说，“我替他再求你一次，求求你答应他的求婚，可以吗？”

“我……”郁颜吞吞吐吐，“我想给他留一条退路。”

李享听到这句话，神色复杂地看了她一眼：“你该不会是，为了他才拒绝他的吧？”

郁颜默不作声，李享却一副要被气笑了的样子。

“我的小姑奶奶，你要是真的为他好，就赶紧答应他的求婚。你还想给他留条退路？他现在哪还有退路啊！”李亨不容郁颜分说，推着她的肩膀就向前走去，“他老是说自己要当你的退路。可他自己的退路早让自己亲手断了。现在他唯一的退路就是你。”

“可……”郁颜还没想好，“可我……”

“郁颜，”李亨打断她，“你觉得晏清这个人看起来像傻子吗？”

郁颜想了想，点头：“像。”

“那是对你的时候才傻。”李亨无奈地说，“平日里这个人精明着呢！他也就是在向你撒谎的时候才紧张得要命，你真应该去看看他出去和人家谈生意的样子，那才是真正的撒谎都不带眨眼。你觉得他这么精明的人，会连和你的未来都没有规划过吗？”

郁颜仍旧不明所以。

“哎哟，我的小姑奶奶，怎么我提示半天你都不明白呢？”李亨干脆把她推进了一个房间，“算了，你记住一句话，要遵从自己的内心。那才是晏清真正想要你做出的选择。”

郁颜踉跄着差点一头栽到了地上。

这个房间她很熟悉。二楼的人鱼表演展台入口，就是在这里，她答应了做晏清的女朋友。

月圆之夜，晏清又变回了人鱼的姿态。他不得不待在这里，浸在水中。郁颜进门的时候，他正闭着眼睛休息。看神情，他像是累极了。可听到门口的响动时，他又睁开了眼睛。

当他看到郁颜的时候，眼神里满是诧异。可他随即便将表情恢复成平日里宠爱的笑容，他温柔地呼唤着她的名字："郁颜。"

郁颜察觉到了他的不对劲儿："你……怎么了？"

和之前她亲眼见过的相比，晏清鱼尾上鳞片的颜色暗淡了许多。郁颜正怀疑这是不是自己的错觉，可当她看到晏清的眼睛时就很快确定那并不是自己想多了。

那双湛蓝色的眼睛也失去了光彩，瞳孔暗淡到几乎没有颜色。

他马上就要变成泡沫消失了。

"郁颜。"晏清再次开口，"还能再次看到你，真是让人死而无憾。"

到了这个时候，他还是不忘说甜言蜜语。

"我不会再向你求婚、逼迫你嫁给我了。"他咧起嘴来笑了笑，"我心里明白，我努力了九十九天都没能打动你，最后这一天肯定是没有希望了。所以你过来好吗？不要怕，以后我都不会再向你求婚了。"他的声音像是在哀求，"我现在只想让你多陪我一会儿。"

郁颜走上前去，表情却仍旧很茫然。

"我的脑子现在很乱。"她的声音带了些哭腔，"我真的很笨……我不知道现在该怎么办，该怎么选择……"

"这样啊。"晏清不紧不慢地想了想，像往常那般开始给郁颜出主意，"郁颜，不论什么时候，我都希望你能选择自己内心里最想选择的那条道路。"他趴在水池边，"有时候做选择真的很难。而且不论你做什么选择，日后都会后悔——后悔自己为什么当初没有选择另外一条路。既然是这样，那就遵循内心吧。未来会发生什么，谁都不知道。只要能让此刻的自己不后悔，那就已经很不错了。”

郁颜仍旧呆愣着，蹲了下来。

“你以后还会做很多选择。因为你的人生还很长，还有很多重大的人生抉择让你来亲手确定。想想看，你以后还会经历多少人生中重要的时刻啊。你会参加全国赛、国际赛，然后拿冠军、破纪录、实现梦想——对了，你还会结婚。你会遇到自己真正喜欢的人，然后和他在一起，结婚，生子，携手到老……”

晏清说到这里，忽然停顿了一下：“对不起，我不该说这个的。我以为我放下了，可是我试着想象了一下，却还是觉得会吃醋。对不起，郁颜，在这件事上我真的没办法给出我真心的祝福。”

郁颜的眼圈又开始发红了。晏清以为自己这是说错了话，他立刻又把话题转到了别处。

“郁颜，以后你的人生里就没有我了。所以你要强势一点，刁蛮一点，不要被别人欺负。知道吗？”

郁颜喃喃开口：“那你呢？以后你怎么办？”

“我？我当然是回家啦。”晏清仍旧微笑，“我啊，会回到大海，过回从前的生活。时间久了呢，我就会喜欢上别的漂亮女孩子，然后把你忘得干干净净。”

郁颜紧紧抿着嘴唇。

“对了，还有一件很重要的事。”晏清说，“今晚十二点之前，你一定要离开。”

他不想让她亲眼看着自己变成泡沫，然后一辈子都怀着愧疚活下去。

郁颜动了动嘴唇："为什么？"

"嘘——"晏清做了个噤声的手势，接着指了指门外，"你听，外面那么多人等着抓人鱼呢。你也不想被人当作是人鱼的同类吧？要不然新闻报道又会这么写了：'震惊！天才游泳少女屡破纪录竟因为她是人鱼！'"

郁颜不笑，晏清还想尴尬地笑两声缓解气氛。郁颜开口道："晏清，以前我就说过，你的撒谎技术真的很烂。你可能这辈子都在我面前撒不出一个像样的谎来了。"

晏清的笑容僵在了脸上。

"你刚刚说的那些，都是我曾经幻想过的人生。"郁颜又说，"我想象过很多次，我会参加各种比赛，然后拿奖牌拿到手软，破纪录像家常便饭。我也想象过自己会拥有一个很爱自己的丈夫，再组建一个温馨的家庭。说真的，从小我的家庭就不完整，所以我最大的梦想就是想有一个完整温暖的家。说出来不怕你笑话，其实我还挺喜欢小孩的。退役之后，我想给我的丈夫生很多很多个小孩。小孩子天生比较吵嘛，那么家里就会永远都是热热闹闹的，永远不会冷清……"

"这样很好啊。"晏清再次微笑，"你一定会成为一个幸福的妻子、幸福的母亲。你会有一大堆吵吵闹闹的孩子，生活忙碌充实又有趣。一定会的。"

"我希望我孩子的爸爸有事业心，精明强干。我不奢求他能赚多少钱，但我希望他最起码能为支撑起家庭出一份力。"郁颜继续说。

晏清侧耳倾听，面露微笑："一定会的。"

“我还希望我孩子的爸爸温柔体贴，不失浪漫。我希望他能记住全家人的生日，情人节的时候会记得买礼物和鲜花，早上出门上班的时候会记得给我和孩子一个吻。”

“一定会的。”

“当然了，我还希望他的样貌英俊。毕竟我长得普普通通，我还是希望孩子的父亲能帮我改良一下基因的。谁不想让自己的孩子漂漂亮亮的啊？照顾孩子本来就是件苦差事，孩子还长得那么丑，那也太惨了。”

听着郁颜的抱怨，晏清忍不住也笑了：“一定会的。”

你对未来的所有憧憬，一定会全部实现的。

“所以——”郁颜眨了眨眼睛，大颗的眼泪终于滚落下来，声音里已经带了哭腔，“晏清，可以拜托你做我孩子的爸爸吗？我真的，好喜欢你。”

晏清一下子呆愣在了原地。

“我不管了。我真的想不明白自己该做什么决定，只能遵循自己内心的想法。”郁颜泣不成声，“你为什么不再向我求一次婚啊！你再向我求一次婚我就答应了嘛！人家是女孩子，你还要人家向你求婚……以后小孩问起来，别人家都是爸爸求婚，自己家却是妈妈求婚……我面子往哪儿搁？”

她用手背擦着眼泪，口齿仍旧因为抽泣而含混不清：“可是我不后悔。晏清，请你和我结婚，好吗？”

晏清伸出胳膊，抓住了她的手：“我愿意。郁颜，我愿意！”

就在他落声的同时，一道光从水下传来，他的鱼尾变成了人类的双腿。

他迅速爬上了岸，紧紧地抱住了郁颜。

“我是不是在做梦？”晏清不敢置信，“我真的赢了赌局赢了你。郁颜，现在我是人类了，我可以留在岸上永远地和你在一起了！”

郁颜的大脑宕机了足足有几分钟才终于反应过来：“你和朝夕的赌局……”

难道他赌的是这个吗？

怪不得李亨一直在暗示什么她才是晏清的退路，这么简单的答案她居然没想到，还干了那么多画蛇添足的蠢事！

郁颜突然又哭了起来。

晏清觉得不对劲儿了：“怎么了？”

“我好蠢啊。”郁颜呜呜地哭着，“怎么办，你不聪明，我又这么蠢，我们将来生的孩子，恐怕聪明不了。搞不好还会随你，不光笨，而且一天到晚只知道说情话。”

晏清哭笑不得。

谁让他一到郁颜面前智商就会自动降低，估计全世界也只有郁颜会觉得他是个笨蛋了。

门口突然传来轰的一声巨响，一堆闪个不停的闪光灯突然涌了进来。

别说是习惯在黑暗里视物的晏清了，就连郁颜都被闪得睁不开眼，下意识地躲到了晏清的怀里。

“请不要拍，请不要拍！”李亨扯着嗓子阻挡着记者。可当他看到用双腿站立在岸上的晏清之后，也不由得愣住了。

幸亏他反应快，马上就猜到发生了什么：“好了好了，大家现在都看见了。根本没有什么美人鱼，这都只是坊间谣传而已。我之所以拦着大家……是因为我们晏总还不想公布和郁颜的恋情而已。”

他回头向晏清眨了下眼：“我们老板娘呢，大家都认识，最近冉冉升起的泳坛新星。她的事业还在上升期，所以也不想那么高调，让舆论影响到私生活。不过既然大家都已经拍到了，那也就没办法了。如果大家一定要报道，那就请大家多说几句祝福的话。”他对着各位记者鞠躬，“拜托各位了。”

半年后。

“老板。”李亨问晏清，“你们人鱼也讲究星座吗？”

“不讲究。”晏清回答，“不过如果按照人类的说法，我应该是金牛座。”

“我看你根本不是金牛座，应该是万恶的处女座。”李亨的表情极其痛苦，“要不是你一直在吹毛求疵，这场婚礼也不会筹备上半年。”

而且每次晏清吹毛求疵，遭殃的都是他。

“行了，你就别卖惨了。”晏清安慰他，“等你和朝夕结婚的时候我一定不遗余力地帮忙，好不好？”

“算你有良心。”李亨哼了一声，“还有，我妈她老人家最爱凑热闹，我就带她过来了。医生说老人家和小孩是一个脾气，要顺着性子哄，这样身体恢复得才快。”他说完又开始感叹，“我真应该让朝夕开个诊所，造福一下全人类。”

李妈妈的病正在逐步痊愈，这真的是海底女巫才能创造出来的奇迹。

“想都别想。”朝夕突然出现在李享身后，“我好吃懒做，只等着你挣钱来养我。”

“好。”李享一口答应，“只要你不再随便跑出去跟人打赌，我什么都依你。”

“跟人打赌有什么好玩的？我想明白了，还是跟你谈恋爱比较好玩。”朝夕耸肩，“对了，等一会儿你帮我抢一下郁颜的捧花。”

传说得到新娘丢出的捧花的女孩子，就会成为下一个新娘。李享心头一动：“你也想结婚了吗？”

“你想娶我啊。”朝夕狡黠地笑了，“那咱们打赌？你要是能帮我抢到捧花，我就嫁给你。”

李享点头点得像只啄木鸟，马上把自己刚刚才说过的“不许打赌”的教诲抛到了脑后。

晏清只是微笑着来到了新娘的化妆间。

郁颜从镜子里看到晏清就急了。她手忙脚乱地挥了挥自己的手臂，那条月光石手链发出了温柔的光：“你怎么不按流程来？按流程咱俩还不该见面呢！”

“我想你了。”晏清走到郁颜身边，“而且，我想过来向你借一样东西。”

郁颜问：“你又忘准备什么了？说吧，借什么？”

“我想借——”晏清笑眯眯地看着镜子里的郁颜，把嘴唇贴近了她的耳侧，“我想借你的耳朵，听我说一辈子的甜言蜜语。”

郁颜脸刚微微红，晏清却突然掀起了她的头纱，吻上了她的嘴唇。

我爱你。

这是这个故事的开始，也是这个故事的结局。